전생부터
홍성은 장편소설 다시
FUSION FANTASTIC STORY
Re Pre Life

전생부터 다시 8

홍성은 장편소설

초판 1쇄 찍은 날 § 2017년 9월 22일
초판 1쇄 펴낸 날 § 2017년 9월 29일

지은이 § 홍성은
펴낸이 § 서경석

편집책임 § 이지연

펴낸곳 § 도서출판 청어람
등록번호 § 제387-1999-000006호
등록일자 § 1999. 5. 31
어람번호 § 제1-2770호

주소 § 경기도 부천시 부일로 483번길 40 서경B/D 3F (우) 14640
전화 § 032-656-4452 팩스 § 032-656-4453
http://www.chungeoram.com
E-mail § chungeorambook@daum.net

ISBN 979-11-04-91468-3 04810
ISBN 979-11-04-91240-5 (세트)

8

전생부터 다시

홍성은 장편소설

FUSION FANTASTIC STORY

Re Pre Life

도서출판 청어람

전생부터 다시

Re Pre Life

다시

목차

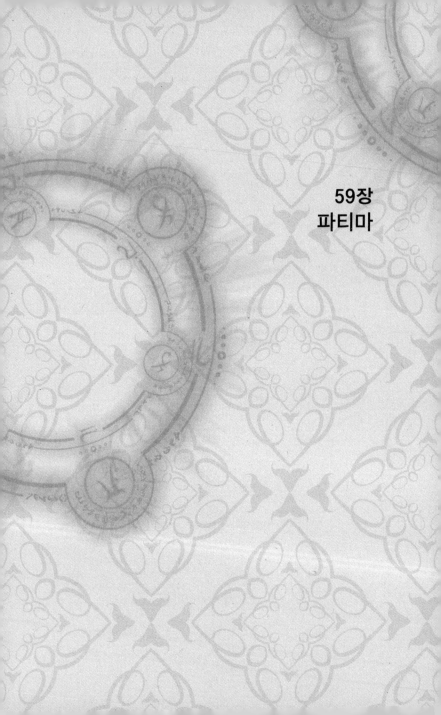

59장
파티마

이 세상에서 가장 경비가 삼엄하다는 나일로 신성국의 파티마 안을 로렌은 제 집 거닐 듯 아무렇지도 않게 걸어 다니고 있었다.

나일로 신성국에는 와봤다지만, 사실 파티마 안까지 들어온 건 로렌도 처음이긴 했다. 파티마에는 신성국왕을 제외한 그 어떤 남자도 들여보내지 않기로 유명하다.

혹시나 실수로 한 발자국이라도 들어갔다간 즉시 처형되며 외국인이라면 전쟁 선포까지도 각오해야 할 정도였다.

사정을 모르는 이라면 나일로 신성국왕이 꽤나 독점욕이

강하다고 생각하겠지만, 실상은 엘리시온의 경이라는 기물을 외부인으로부터 지키기 위함이었다.

'그건 그렇다지만, 정말 별세계로군.'

상상할 수 있는 사치의 극치가 눈앞에 펼쳐져 있었다. 바닥에는 이 시대에 비싸기로 유명한 유리가 말끔하게 닦여 끼워져 있었으며, 유리 아래에는 은을 발라 거울처럼 비췄다. 벽면도 같은 처리를 해서 사방이 다 비췄다.

'침입자 대비책이로군.'

조금만 단단한 재질의 신발을 신어도 소리가 크게 나며, 맨발바닥으로 다니면 발자국이 다 남을 테니 동선을 쉽게 예측할 수 있을 것이다. 설령 바닥을 밟지 않고 천장에 매달려 다녀도 거울 같은 바닥에 비쳐 금방 들킬 것이다.

그 대신 무지막지한 유지비가 들겠지만, 그런 건 아예 염두에 두지도 않는 것처럼 보였다.

'유감인데?'

로렌은 신발을 신은 채 파티마 안을 뚜벅뚜벅 걷고 있었다. 소리도 나고 발자국도 나는, 침입자로서 예의가 아닌 최악의 방법으로 침입한 것이다.

그럼에도 불구하고 파티마 앞에 버티고 선 경비병도 파티마 안의 그 누구도 로렌의 발소리를 듣지 못했고, 발자국을 인지하지 못하고 있었다.

'명률법의 힘이지.'

명률법이라는 힘이 이 세상에 존재한다는 것이 알려만 졌어도, 어쩌면 나일로 신성국은 막대한 예산을 들여서까지 이 엄청난 시설을 구축하지는 않았을지도 모르는 일이다.

'그거야 뭐, 어찌 됐든 나랑 상관없는 일이지.'

로렌은 걷는 속도를 높였다.

파티마 안쪽으로 조금 들어서자, 또 다른 별세계가 펼쳐졌다.

가장 아름답고 고귀한 웰시 엘프 100명만 모아다 교체해 가며 유지하고 있다는 소문의 파티마다. 그 명성은 헛되지 않아, 선녀나 천사의 명칭을 붙여도 전혀 부자연스럽지 않을 묘령의 여인들만이 느릿하게 거닐고 있었다.

'실제로는 엘리시온의 경이 덕이겠지만.'

물론 신성국 왕실에서 미녀만 엄선한 탓도 있겠지만, 이 웰시 엘프들이 신성국에서 엘리시온의 경이의 영향을 가장 많이 받는 이들일 것이다. 파티마 안에 있기만 해도 빠른 속도로 '완전'해질 테니, 작은 피부 트러블이나 주름도 바로바로 회복되어 없어질 것이다.

그런 완전한 미녀들이 평범한 사람은 평생 한 방울도 먹어 보지 못할 호화로운 향유를 몸에 바르고 황금과 백금, 루비와 사파이어로 치장하며 투명하다고 말해도 될 정도로 얇고 고운 비단을 몸에 두르고 있었다.

웰시 엘프 미녀들에게는 한 명당 적어도 세 명의 여성 노예가 붙어 시중을 들고 있었는데, 그 노예들조차도 치장만 하지 않았을 뿐 못지않게 아름다웠다.

'모두 로어 엘프로군.'

비록 잘려 나갔었을 터인 귀 끝은 모두 재생되었다지만 로렌은 알아보았다. 현재 인류 중 합법 노예는 로어 엘프뿐이니 당연하다면 당연한 이야기라고 할 수 있었다.

'그리고 마법사들이야.'

파티마 안에 다른 경비 병력이 존재하지 않는 건 그럴 필요가 없기 때문이었다. 놀랍게도 이곳의 로어 엘프들은 엘리시온 왕국이 건재했던 중세 시절의 실력을 그대로 유지하고 있었다. 별의 몸을 지닌 로렌만은 그 사실을 온전히 간파할 수 있었다.

'국제법을 위반했군.'

로어 엘프에게 마법을 전수하는 건 금기에 가깝다. 다른 나라에서는 신경질적일 만큼 잘 지켜졌던 금기이기도 했던지라, 마법은 물론이고 엘프어조차도 가르치지 않을 정도의 엄격함을 유지할 수 있었다.

그러나 파티마 안의 로어 엘프들은 달랐다. 거의 대부분의 로어 엘프가 두 개의 마법 서킷을 지니고 있었고, 간혹 세 개의 마법 서킷까지 보유한 마법사들도 보였다. 체계적인 마법 수업 없이는 도달할 수 없는 수준이다.

'마력도 충분하고.'

엘리시온의 경이가 온전한 힘을 발휘하는 한 마력 문제는 없을 테지만, 그렇지 않더라도 충분히 전력으로 활용할 수 있는 마력을 갖추고 있었다.

'이 정도 수준의 마법사들을 숨겨뒀다니.'

그 수도 물경 500. 세계 정복까지는 무리더라도 역사는 충분히 바꿀 수 있는 전력이었다. 나일로 신성국이 이 정도의 수준의, 이 정도 숫자의 마법사들을 보유하고 있었다는 것은 로렌 하트는 물론이고 3년 후의 로렌도 몰랐던 사실이었다.

분명 상당한 수준의 마법사들이지만, 만약 위기 앞에서 유의미한 활약을 했더라면 로렌이 몰랐을 리가 없었다. 반대로 이야기하자면, 3년 후의 로렌이 이들을 인지하지 못했던 건 곧 세계 멸망의 위기 앞에서는 아무 의미 없는 먼지나 다름없었던 존재들이었음을 알려주는 방증이라 할 수도 있었다.

이 정도 수준의 마법사다. 만약 로렌의 지휘하에 있었더라면 그래도 어느 정도 활약은 했겠지만, 3년 후의 나일로 신성국은 이들을 마지막까지 숨겨뒀다가 함께 멸망당하고 소멸되었다.

'놀랍고 또 놀랍군.'

로렌은 혀를 끌끌 차면서 그들 웰시 엘프 미녀들과 로어 엘프 마법사들 사이를 무인지경처럼 지나 안으로 계속해서 들어갔다. 온통 거울과 유리로 시야가 탁 트인 곳에 가려진 곳이 단 한 곳 있었다. 새하얀 대리석으로 만들어진 작은 방이었다.

로렌의 목적지는 그곳이었다. 처음 오는 곳이지만 저 방이 어떤 용도로 쓰이고 있는지는 너무 쉽게 알 수 있었다.

빛은 차단되고 있었지만, 힘은 전달되어 온다. 이 파티마 전역, 그리고 나일로 왕국 전역에 흩뿌려지고 있는 강력한 경이의 힘의 원천이 바로 저곳에 있었다.

방의 문은 단단히 닫혀 있었고, 드나드는 사람은 없었다. 문이 자연스럽게 열리기를 기다리기엔 시간이 없었다. 클레어보이언스를 사용해 방 안쪽을 확인한 로렌은 곧장 텔레포테이션을 사용해 방 안으로 들어갔다.

들어가자마자 보인 것은 엘리시온의 경이가 발하는 하얀빛이었다.

'정말 크군.'

엘리시온의 경이를 바라보며 가장 처음에 든 생각은 그것이었다. 그 덩어리가 어찌나 큰지, 딱 사람만 했다. 레물로스 왕국의 옥새 안에 숨겨져 있던 파편을 처음 봤을 때도 크다고 생각했는데, 여기 놓인 덩어리는 그것과 비교하는 게 민망할 정도였다.

로렌은 엘리시온의 경이 덩어리 앞에 도착했다. 그 주변에는 세 명의 웰시 엘프 여성이 앉아 엘리시온의 경이에 손을 댄 채 움직이지 않고 있었다. 아마도 그들이 경이에 고귀함을 공급하고 있는 중이리라.

'아니라면 내가 낭비했던 공력과 정신력이 회복될 리 없으니.'

여기까지 오는 동안 이심의 공력을 전부 끌어다 스칼렛과 멜라니에게 밀어 넣었고, 휴식도 취하지 않고 바로 여기로 왔으며, 방금 전에 클레어보이언스와 텔레포테이션을 썼는데, 여기에 사용된 모든 소모값이 빛을 받는 동안 전부 회복되었다.

'득 본 기분이로군.'

시간이 좀 있다면 여기까지 스칼렛과 멜라니를 데려와 열심의 공력을 펑펑 쏴주고 싶은 기분이었지만, 로렌은 곧 미련을 접었다. 여기서 낭비할 시간도 없었고, 그럴 만한 상황도 안 됐으니까.

"침입자로군요."

엘리시온의 경이에 손을 대고 있던 세 미녀 중 한 명이 나직한 목소리로 말했다. 다른 두 명은 별 반응도 보이지 않고 있었다. 그 순간에야 로렌은 그녀의 정체를 눈치챘다.

"당신이 파티마로군."

"…절 아나요?"

로렌에게 파티마라 불린 여성이 놀라 되물었다. 로렌은 쓴 웃음을 지었다.

"원래대로라면 몰라야 정상이겠지."

이 여자와 긴 대화를 나누고 있을 생각은 없었다. 로렌은 파티마에게 당장 텔레파시를 쏴주었다. 파티마는 처음에는 로렌의 정신파를 방어했지만, 그에게 공격 의사가 없음을 곧 깨닫고 텔레파시를 받아들였다.

"이게 무슨……!"

"그래, 이게 당신의 결정이 초래한 결과야."

로렌은 차갑게 말했다. 파티마는 로렌의 텔레파시로 받은 심상에 너무 큰 충격을 받은 탓인지 아무 말도 대꾸하지 못했다.

로렌이 파티마에게 전송한 심상은 바로 3년 후의 세계, 그 중에서도 나일로 신성국의 멸망을 담은 심상이었다.

"당신은 대체 뭔가요? 대체……. 이건 환상인가요? 절 속이려거든……."

"내가 만약 텔레파시에 거짓을 실어 보냈다면 당신이 그걸 간파할 수 있었겠지."

로렌은 헛웃음을 띠며 말했다.

"…당신이 그런 능력을 가진 사람일 수도 있잖아요. 예를 들어……."

"시끄러워. 당신하고 말장난할 생각 없어."

파티마는 스스로도 말도 안 된다고 생각하는 상상을 떠벌이고 있었고, 로렌은 그걸 끝까지 들어줄 생각이 없었다. 그러자 파티마는 잠깐 놀라더니 금방 분노한 기색을 띠었다.

"…날 상대로 감히……!"

"이제야 본색을 드러내는군."

로렌은 그런 파티마의 반응에 콧방귀를 뀌었다. 로렌의 반응이 꽤나 의외였던지 파티마는 화를 거두고 그 큰 두 눈을 껌벅거렸다.

"당신, 제가 누군지 알고 그런 식으로 말하는 건가요?"

"처음 들어올 때 이름부터 말했잖아. 물론 가짜 이름이긴 했지만."

파티마는 가짜 이름이다. 애초에 그녀가 파티마라고 자칭하고 있는 건 파티마에 머물고 있기 때문이다.

굳이 미래의 기억을 거론하지 않아도 힌트는 많았다.

명률법으로 존재를 숨긴 로렌의 침입을 알아채고, 주변의 다른 웰시 엘프들은 알아채지 못하게 말을 거는 수법. 명률법을 익힌 존재만이 가능한 곡예다.

그리고 로렌의 텔레파시를 처음에 방어해 내는 수법 또한 그렇다. 로렌이 이제껏 만나왔던 존재 중에 정신 능력을 사용할 줄 아는 존재는 한정되어 있다.

미래의 기억은 논거로 세울 수 있는 결론에 확신을 얹어주는 것에 불과했다.

"드래곤이잖아."

파티마의 정체는 드래곤, 그것도 스스로를 골드 드래곤이라고 칭하는 존재다.

*　　　*　　　*

"제 정체를 알고도 조금도 두려워하지 않다니, 특이한 인간이로군요."

파티마는 로렌의 태도가 인상적인 듯, 살짝 미소까지 지었다. 그러든 말든 로렌은 그녀와 오래 이야기를 하고 있을 마음이 없었다.

로렌은 그녀를 무시하고 하려던 일을 재개했다. 그는 엘리시온의 경이에 손을 짚었다.

"무슨 짓을……?!"

갑작스러운 로렌의 행동에 파티마는 화들짝 놀랐다. 로렌은 태연히 대꾸했다.

"가져가려고."

"당신에게 그럴 권리는 없어요!"

"나도 알아."

로렌은 태연히 대답하고 하려던 일을 했다. 금강의 격으로 각인의 팔을 뽑아, 엘리시온의 경이 덩어리에 빠른 속도로 각인을 새기기 시작했다. 다 새겨진 각인에 각인의 힘을 불어 넣자, 엘리시온의 경이 덩어리가 갑자기 쪼그라들기 시작했다.

지금까지 로렌과 파티마의 존재를 인지조차 못 해 가만히 앉아만 있었던 웰시 엘프 두 명이 놀라 눈을 크게 떴다. 한 명이 먼저 비명을 지르고, 다른 한 명은 벌떡 일어나 방 밖으로 뛰쳐나갔다. 로렌은 그들을 그냥 두었다.

"너……!"

파티마는 벌떡 일어나 로렌을 향해 주먹을 휘둘렀다. 상당히 빠르고 강력한 일격이었지만, 로렌은 블링크를 사용해 쉽게 피하고 쪼그라들어 파편 크기가 된 엘리시온의 경이 덩어리를 손에 쥐었다.

[모건, 리콜.]

하려던 일이 끝났으므로 로렌은 이대로 물러가기로 했다. 텔레포테이션은 집중할 시간이 필요했고 파티마는 계속 로렌을 공격하려 들었기 때문에, 귀찮아진 로렌은 그냥 모건 르 페이의 리콜을 받기로 했다.

[네, 로렌 님.]

로렌의 몸이 빛 무리에 휩싸였고, 다음 순간 그는 미리 잡아두었던 숙소로 이동했다. 모건 르 페이의 리콜이 제대로 동작한 것이다.

"수고했어, 모건 르 페이."

"별말씀을요."

파티마에서 여기까지는 그렇게까지 먼 거리는 아니기 때문에, 모건 르 페이는 약간 지친 기색이긴 했지만 멀쩡했다. 애초에 그녀도 정신 능력을 꽤 단련해서 성장했기에 이 정도 거리의 리콜은 큰 무리 없이 행할 수 있었다.

"흠."

로렌은 잠시 기다렸다. 그러자 방금 로렌이 리콜로 소환당한 장소에서 빛 무리가 일더니, 파티마가 나타났다.

"나한테서 도망갈 수 있다고 생각… 컥!"

파티마는 나타나자마자 명치에 로렌의 주먹을 맞고 그 자리에서 무릎을 꿇었다.

"잘 따라왔다. 당신한텐 유감이 많거든. 아무리 바쁘더라도 할 건 해야지."

"너, 너……!"

태어나서 이런 취급을 처음 받아본 건지, 파티마는 울먹거렸다.

"나한테 무슨 유감이 있다는 거야! 난 널 오늘 처음 보는데!"

"…그건 그렇군."

파티마는 '아직은' 로렌에게 아무것도 안 했다. 로렌이 파티마에게 유감을 가지게 되는 건 3년 후의 일이다. 그러니 '벌써' 그녀에게 '할 걸' 하는 건 확실히 이치에 맞지는 않았다.

"아니, 당신이 먼저 내게 선제공격을 하긴 했잖아."

"피했잖아!"

"그게 내가 반격을 하지 말아야 할 근거는 못 되지."

"이익……!"

파티마는 반박할 말을 더 이상 찾지 못하고 그 자리에서 부들거리기 시작했다. 파티마의 목소리가 시끄러웠던지, 잠들어 있던 스칼렛이 부스스 일어났다.

"로렌, 뭐야? 무슨 일이야? …또 뭐야, 그 여자는?"

음란한 복장의 파티마를 본 스칼렛의 눈빛이 날카로워졌다. 무슨 오해를 한 건진 모르겠지만, 로렌은 그다지 크게 신경 쓰지 않았다.

"드래곤이야."

"드래곤? …드래곤?!"

로렌의 태연한 대답에 스칼렛이 놀라서 제대로 일어나 앉았다.

"…내가 드래곤이란 건 비밀인데."

파티마가 투덜거렸다.

"그, 그 목소리! 어디서 들어본 적 있어!!"

이번에는 멜라니가 벌떡 일어나며 외쳤다. 그런 멜라니의 반응에 로렌은 심드렁하니 대꾸했다.

"그래, 네 스승이야."

멜라니가 아직 알 속에 있었을 때 텔레파시로 정신 능력에 대해 가르쳐 주었던 스승의 정체는 바로 파티마였다.

"스승? 그게 무슨 소리야?"

정작 그 스승인 파티마 본인은 고개를 갸웃거리고 있지만 말이다. 그런 파티마를 로렌은 귀찮은 듯 흘겨보며 말했다.

"거 되게 귀찮네. 우린 이제 떠날 건데 뭐 할 말 있으면 빨리 해."

그런 로렌의 태도에 파티마는 어이가 없는 듯 입을 뻐금거렸다.

"…이 나라의 국보를 훔쳐놓고서 뻔뻔하기는! 돌려줘!!"

"싫어."

"그럼 힘으로라도 빼앗고 말겠어!!"

"해봐."

로렌의 대꾸에 파티마는 부들부들 떨다가 고개를 푹 숙였다.

"큭……! 내가 본체로 돌아갈 수만 있어도……!!"

로렌이 이렇게 당당하게 나올 수 있는 이유가 있었다.

파티마는 지금 드래곤 형태를 취하지 못한다. 성체 드래곤인 그녀가 본체 모습을 취했다간 바로 인류 의회에서 토벌 신탁을 내릴 테니 말이다.

물론 지금의 인류 의회는 로렌이 3년 후의 심상으로 들쑤셔 놓아서 즉각 대응하지는 못하겠지만, 파티마가 그 사실을 알 리 만무했다.

그리고 파티마가 웰시 엘프 형태로 사용할 수 있는 힘과 능력에는 한계가 존재한다. 그리고 웰시 엘프 형태의 파티마는 로렌을 절대 이기지 못한다.

이 사실을 파티마도 알고 있기에 쉽게 덤비지 못하고 일단 대화를 하려고 하는 것이다.

'논리보다 힘으로 짓밟다니, 진짜 내가 나쁜 놈이 된 것 같군. …나쁜 놈 맞지만.'

그럼에도 불구하고 뼛속까지 나쁜 놈이 되지는 못한 로렌은 파티마를 그냥 짓밟고 가지는 못했다. 그게 시간 낭비를 줄이는 길임을 알면서도 말이다.

"저기, 로렌. 저 여자가 드래곤이라는 게 무슨 소리야?"

"내 스승이라는 건 또 무슨 소리고?"

스칼렛과 멜라니도 파티마에게 흥미가 생긴 모양이었고, 여기서 파티마를 그냥 짓밟고 갔다간 어린 드래곤들 사이에서 로렌의 평판이 땅에 떨어질 위험도 있었다.

"그건 나도 궁금해. 이 아이들은 대체 뭐야? 인간이 아니잖아?"

어린 드래곤들에게 흥미를 보이는 건 파티마도 마찬가지였다. 명률법을 다룰 줄 아는 그녀는 이미 어린 드래곤들의 정체를 어느 정도 간파한 것 같았다. 다만 확신이 없을 뿐이리라.

"무엇보다 당신은 대체 뭐 하는 사람이야? 당신은 인간 맞지?"

"인간 맞아."

"드래곤 아니라?"

"아니야."

밴쿠버를 떼어놓고 왔기에 더 이상 들을 일 없다고 생각했던 단어를 또 듣고 나니, 로렌으로서도 다소 기분이 이상했다.

"그런데 어떻게 명률법을 그렇게 잘 쓰지?"

"배웠으니까."

로렌은 슬슬 파티마와의 대화가 귀찮아지기 시작했다.

"파티마, 더 궁금한 게 있으면 따라와라. 우린 출발할 테니."

"어, 어?"

파티마는 혼란스러운 듯 눈을 굴렸다. 그런 그녀의 반응을 보는 둥 마는 둥 하고 로렌은 멜라니에게 말했다.

"가자, 멜라니."

"하지만……."

[어차피 따라올 거야. 따라오게 만들어야지.]

"알았어."

로렌의 텔레파시를 받고 수긍한 멜라니는 순순히 명률법을 사용해 드래곤의 모습으로 돌아왔다. 파티마가 놀라서 눈을 휘둥그레 뜬 모습이 로렌에겐 유쾌하게 느껴졌다.

"가자!"

"기다려!"

로렌의 외침에 파티마가 급박하게 외쳤다.

"나도 데려가!"

그렇게 되었다.

*　　　　*　　　　*

로렌은 파티마에게 별로 좋은 인상을 갖고 있지는 못했다. 아니, 인상으로만 치자면 최악이라고 봐도 좋았다.

인류는 물론이고 이 세계 자체가 엄청난 위기 앞에 놓여 있음에도 불구하고 저 드래곤은 파티마라는 지상낙원에 틀어박혀 이 세상의 것 같지 않은 호사를 누리고 있었다.

마지막의 마지막까지 파티마에서 버티다 그 호사를 누리지 못하게 될 정도로 사태가 악화되고 나서야 무거운 몸을 일으켜 기어 나왔다. 본 모습으로 돌아온 드래곤은 적들과 싸우기는커녕 혼자서 엘리시온의 경이 덩어리를 들고 도망쳐 버렸다.

이런 일련의 일들을 모두 기억하고 있는 로렌 입장에서는 도저히 파티마에게 좋은 인상을 품을 수가 없다.

'하지만 아직 일어나지 않은 일들이지.'

로렌에게 있어서는 어제 있었던 일이나 다름없지만, 그가 지금 존재하고 있는 이 시공 기준으로는 일어난 적도 없는 일이다.

게다가 스칼렛의 뒤에 앉아 불안한 듯 주변을 두리번거리는 모습을 보고 있자니, 그녀가 정말 자의로 파티마에 틀어박혀 있었던 건지 의구심도 들었다.

"뭘 그렇게 불안해하는 거예요?"

로렌이 궁금해하던 질문을 스칼렛이 대신 물어봐 주었다. 그러자 파티마가 더듬거리며 대답했다.

"자객이, 찾아올까 봐."

"여긴 하늘 위예요!"

"그러니까! 숨을 곳이 없잖아!!"

파티마는 신경질적으로 외쳤다.

"아, 미안. 내가, 미안해."

그러고서는 곧 기어들어 가는 목소리로 사과를 했다.

"그렇게 불안해할 거면 쫓아오지 말지 그랬어."

로렌은 다소 비꼬듯 말했다. 불안해하는 사람에게 취할 태도는 아니었지만, 상대는 사람이 아니고 인류조차 아닌 드래곤이다.

"엘리시온의 경이가 없는 곳은 더 이상 안전하지 않아. 당신은 나한테서 은신처를 빼앗은 거나 다름없다고."

파티마는 우울한 목소리로 빠르게 대꾸했다.

"나는 인류의 적이야. 언제 인류 의회의 자객이 찾아와서 날 죽이려 들지 몰라."

"그런 일이 자주 있었나 보군."

"그래. 인류 의회가 수천 명의 축복받은 자들을 자객으로 보냈어."

그건 좀 허풍 같았다. 파티마의 능력으로는 수천은커녕, 일백 명의 자객이나 버틸 수 있을지 의문이었기 때문이다. 하지만 그 정도 허풍을 지적해서 이야기의 맥을 끊을 생각은 없었던 로렌은 잠자코 이어질 이야기를 기다렸다.

"그것들은 각자 다른 능력으로 날 노렸지. 그중에는 엘리시온의 경이가 아니면 치유할 수 없는 공격을 해오는 놈들도 있었어."

파티마의 이야기가 완전히 허풍인 것만은 아닌지, 그녀의 이야기에는 짚이는 구석이 없지는 않았다.

로렌도 '엘리시온의 경이가 아니면 치유할 수 없는 공격'에는 당한 적이 있었다.

'[필살] 능력인가.'

로렌은 속으로 생각했다. 지금은 라푼젤의 경호를 맡고 있는 축복받은 자, 베르나에게서 받았던 필살 공격은 끔찍했다. 로렌조차 정말로 한번 죽을 뻔했었으니까 말이다.

모건 르 페이가 목숨까지 걸어가며 로렌을 리콜로 불러들이고, 라푼젤이 엘리시온의 경이 파편의 힘을 나눠주지 않았더라면 정말로 죽었을 것이다.

"그것들이 얼마나 끈질긴지 몰라!"

로렌이 상념에 잠겨 있던 동안에도 파티마의 하소연은 아직도 이어지고 있었다.

'확실히 그것들은 끈질기지.'

로렌으로서는 동의할 수밖에 없는 발언이었다. 그렇다고 그게 파티마의 이야기 전체에 동의한다는 의미는 아니었다. 파티마의 이야기에 점점 영양가가 없어지고 있었기 때문에, 로렌은 슬슬 궁금했던 걸 물어보기로 했다.

"그럼 묻겠는데, 마지막으로 인류 의회의 자객에게 습격당한 게 언제지?"

"……."

로렌의 질문에 파티마는 갑자기 말이 없어졌다.

로렌이 이런 질문을 던진 이유는 간단하다.

지금의 인류 의회는 수천 명씩이나 되는 축복받은 자에게 신탁을 내릴 힘이 남아 있지 않았다.

애초에 로렌을 죽이려다 실패해서 세계 멸망의 단초를 제공했을 정도다. 로렌이 그 전쟁에서 상대한 축복받은 자는 열이 넘지 않고 말이다.

그런데 수천 명에게 신탁과 축복을 내린다? 앞뒤가 맞지 않았다.

아무리 인류 의회가 란체 드워프와 워 오우거를 강화하느라 힘을 낭비했다지만, 그들 하나하나의 힘은 축복받은 자의 발끝도 따라가지 못한다.

또한 인류 의회의 의원인 에카테리나는 의회가 용의 연대를 끝낸 후 더 이상 인세에 간섭하지 않으려 했다고 증언했었다.

그 의지는 비록 엘리시온 왕국이 멸망함으로써 깨지긴 했지만, 반대로 말하면 인류 연대가 시작된 이후부터 엘리시온 왕국이 멸망할 때까지는 이어졌다는 뜻이기도 했다.

파티마의 발언은 이러한 예카테리나의 증언과 정면으로 충돌한다. 두 증언이 모두 참이 되려면 한 가지 조건을 만족해야 했다.

파티마의 증언이 인류 연대 이전의 일일 것.

"…내가 어렸을 때의 일이야."

파티마는 한참을 침묵했다가 간신히 대답했다.

"언제야, 그게?"

로렌의 되물음에 파티마는 다시 꿀 먹은 벙어리가 되었다. 무언의 압박에 결국 입을 열기는 했지만 말이다.

"천 년… 은 넘었지?"

"나한테 물어서 어쩌자는 거야……."

아무래도 용의 연대 말기에 받은 트라우마가 너무 커서 수천 년이 지난 지금까지도 신경쇠약적인 반응을 보이는 것 같았다.

'흠.'

로렌은 한 가지 아이디어를 떠올렸다. 한번 실행해 봐도 손해는 아니라는 판단이 들었으므로, 로렌은 바로 행동으로 옮겼다.

"사실 난 인류 의회하고 아는 사이야."

"뭐라고? 히익!"

파티마는 화들짝 놀라서 그 자리에서 스칼렛의 허리를 껴안은 팔을 풀고 떨어지려고 들었다. 스칼렛이 놀라서 로렌류 용기술의 운영을 멈추고 파티마를 붙잡았기에, 로렌은 공력을 아주 약간 손해 봤다.

　"진정해. 난 널 아직 죽일 생각이 없어."

　"아직이라니! 아직 신탁이 안 내려왔다는 뜻이지, 그거?"

　로렌으로서는 진정시키고자 한 말이었지만, 그걸 들은 파티마는 악다구니를 쳤다.

　"그렇긴 하지만. 설령 신탁이 내려오더라도 그거에 따르고 말고는 내 판단이지."

　파티마는 로렌의 말을 듣곤 잠깐 멀거니 있더니, 반항하는 걸 그만두고 대화에 응했다.

　"…그래? 넌 다른 축복받은 자들과 다르구나?"

　"다르긴 하지."

　축복을 받은 건 로렌 하트지, 로렌이 아니니 말이다.

　어쨌든 첫 단추가 어긋나긴 했지만, 로렌은 계속해서 하려던 계획을 실행해 보기로 했다.

　"그리고 앞으로 내 일을 좀 도와준다면 인류 의회가 널 그냥 내버려 두도록 해줄 수도 있어."

　"그런 게 가능하단 말이야?"

　로렌의 말에 파티마는 크게 놀라 되물었다.

"네가 인류에게 위해를 끼치지 않는다는 약속 정도는 해줘야겠지만."

"그건 당연하지! 이제 와서 대세를 거스를 생각은 없어! 이 시대의 드래곤은 그냥 전설 속의 생물인걸. 왕 같은 건 안 해도 좋아!"

파티마가 이럴 거라고 생각은 했지만, 로렌이 생각했던 것보다 훨씬 더 많이 과거의 굴레를 내려놓은 상태였다.

"좋아, 약속해."

"약속할게. 나 파티마는 인류에게 위해를 끼치지 않기로 맹세합니다!"

파티마의 반응을 보고 있자니, 드래곤들은 다 이렇게 단순한가 싶은 생각도 들었다. 스칼렛이나 멜라니는 어려서 그랬다는 변명이라도 통하지, 이미 성체 골드 드래곤인 파티마는 그런 변명거리도 없다.

"그래, 네가 그 약속을 지키는 한 나는 널 노리는 인류 의회의 자객으로부터 보호해 주고 네게 더 이상 자객을 보내지 않도록 탄원서를 제출하겠어. 만약 네가 내 약속을 어기면 내 신뢰를 배반하고 내 이름을 더럽힌 것으로 간주하고 내가 직접 널 죽이도록 하지."

"아, 알았어."

파티마는 로렌의 위협에 바들바들 떨면서도 고개를 빠른

속도로 끄덕였다.

"음? 그럼 네가 탄원서를 제출해 줄 때까지는 너하고 함께 있는 게 안전하겠네?"

"반대로 말하자면 내게서 떨어지면 다시 위험해진다는 뜻도 되겠지?"

실제론 별로 위험해지지는 않겠지만, 기왕 블러핑을 치기로 한 거 로렌은 제대로 못을 박았다. 굳이 질문에 의문문으로 대답하면서 도망칠 구석을 마련한 것은 덤이다.

"노예 취급 같은 건 안 할 테니 걱정할 것 없어. 잠자리도 식사도 다 마련해 주지. 대신 내 일을 좀 도와줘야겠어."

"…파티마에 있을 땐 편했었는데. 하긴 뭐, 어쩔 수 없지."

파티마가 향후 3년 후까지 파티마에 처박혀 있던 건 인류의회가 두려웠기 때문이기도 했지만 역시 그냥 게으름을 피우며 사치와 향락을 즐기기 위해서였기도 했던 모양인지, 파티마는 일을 도우라는 로렌의 요청에 대놓고 투덜거렸다.

그런 파티마의 반응에 로렌은 약간 화가 났지만, 그 화는 곧 풀릴 예정이라 굳이 표현하지는 않았다.

'이제부터 열심히 굴리면 되니까!'

어쨌든 이로써 파티마를 동료로 맞아들였다. 동료라기보다는 일꾼이라는 표현이 약간 더 어울리겠지만 그거야 뭐, 그리 중요하진 않았다.

"흠, 그건 그렇고 파티마라는 이름은 좀 그렇군. 지명이랑 겹치잖아. 왜 드래곤들은 하나같이 지명을 자기 이름으로 붙이려고 드는 거지?"

"응? 하나같이?"

로렌은 자신이 허리를 붙잡고 껴안은 스칼렛을 새삼 바라보았다.

"혹시 당신도 드래곤?"

"네, 뭐."

스칼렛은 떨떠름하게 대답했다. 파티마가 이제까지도 자신의 정체를 눈치 못 챈 게 서운했던 모양이었다. 아니면 파티마와 똑같이 행동했다는 게 들켜서 부끄러웠던지. 어느 쪽이든 로렌이 크게 상관할 일은 아니었다.

"어쨌든 같이 다닌 것도 인연이니, 내가 네게 새 이름을 붙여주도록 하지."

"응? 나한테 거부권 같은 건 없는 거야?"

"앞으로 오하라라고 부르겠어."

파티마의 이름은 오하라로 바뀌었다. 확정 사항이었다.

*　　　　　*　　　　　*

"어째 이 시대까지 살아남은 드래곤은 왜 전부 암컷인지 모르겠군."

처음 나일로 신성국을 떠나 멜라니와 비행을 시작했을 때부터 지금까지 로렌은 줄곧 로렌류 용기술을 사용해 공력을 회전시키고 있던 상태였다.

그렇다고 그게 로렌이 반드시 항상 집중하고 있어야 하는 이유는 되지 못한다. 지나치게 강하게 공력을 회전시키면 오히려 멜라니가 버티지 못해 상당량의 공력이 상실되므로, 로렌은 딱 적당하다고 생각하는 세기로 공력을 회전시켜 주고 있었다.

그런 까닭에 로렌은 로렌류 용기술에 완전히 정신을 집중할 필요가 없었다. 어느 정도 대화를 하는 건 상관없다는 의미다.

"그야 인류가 수컷 드래곤을 전멸시켜 버렸으니 당연하지."

로렌이 무심코 입에 올린 질문에 오하라가 잘난 척하며 말했다. 동족들이 죽어나간 걸 잘난 척하며 말하는 건 좀 이상해 보였지만. 하기야 시대도 몇 차례나 바뀐 수천 년 전의 일이다. 그 어떤 짙은 증오와 슬픔이라도 풍화되기에 충분한 세월이었다.

"인류는 암컷 수컷 가리지 않고 모든 드래곤을 전멸시킨 게 아니었나?"

"암컷은 몇 마리 살아남았어. 그러니까 나도 여기 있고, 스칼렛도 여기 있고, 멜라니도 여기 있는 거 아니겠어?"

이름이 불린 어린 드래곤들이 잠깐씩 움찔거렸지만 이야기에 끼어들지는 않았다. 그녀들도 이야기를 듣고 있긴 한 모양이었다.

"인류가 인류 의회의 눈을 피해 살려두었지. 나도 딱 그 케이스고."

"응? 그럴 이유가 있나?"

"이유는 세 가지가 있어."

"세 가지나?"

"응."

오하라는 고개를 끄덕였다.

"첫째, 수컷 드래곤이 더 강하고 위협적이니까. 둘째, 암컷 드래곤은 알을 낳으니까."

"응? 잠깐. 둘째 이유가 이상한데. 알을 낳으니까, 라니?"

로렌의 생각으로는 그건 오히려 암컷을 집중적으로 격살해야 할 이유였다. 알을 낳아서 번식을 하면 드래곤이라는 종족이 번성해서 다시 세계의 패권을 쥘 위험이 있을 테니까 말이다. 한쪽 성별의 드래곤만을 살려둔다면 오히려 수컷만을 살리는 게 더 안전하다.

로렌은 그렇게 생각했지만, 오하라의 이어진 말은 로렌을 납득시키고도 남았다.

"드래곤의 알은 미식가들에게 비싸게 팔리거든. 무정란이든 유정란이든."

실로 인류다운 이유였다! 로렌은 할 말을 잃었다.

"…세 번째 이유는 뭐지?"

"드래곤은 명률법을 쓸 줄 아니까."

그렇게 대답하고 나서 잠시 생각한 후, 오하라는 이렇게 덧붙였다.

"모든 드래곤이 명률법을 쓸 줄 아는 건 아니지만, 살아남은 드래곤들은 모두 명률법을 쓸 줄 알지."

"그게 왜 이유가 되지?"

"드래곤이 명률법으로 모습을 바꾸었을 때는 보통 그 종족 기준으로 미인이 되거든."

세 가지 이유 모두 정말로 인류다운 이유뿐이었다. 로렌은 납득할 수밖에 없었다.

"미녀의 모습으로 목숨을 구걸하면 인류의 영웅이라는 자들도 보통 마음이 약해지더라고. 뭐, 그래도 대부분 죽었지만. 나는 살아남았지. 그중에서도 특히 빼어난 미녀였으니까. … 어리기도 했고."

자랑을 하는 건지 자조를 하는 건지 모를 말투로 오하라는 그렇게 이야기를 끝맺었다.

"네 이야기만 들으면 인류는 멸망해도 싼 종족 같군."

"그렇진 않아. 굳이 따지자면 오히려 드래곤이 멸망해도 쌌던 종족이지. 별로 자세한 이야기를 하고 싶진 않지만, 드래곤이 인류에게 한 짓이 훨씬 심했어. 지금이야 뭐, 그 벌을 받고 있는 거라고 생각하고 있어."

고개를 끄덕이며 오하라의 이야기를 듣고 있다가, 로렌은 문득 뭔가가 마음에 걸렸다.

"…파티마에서 온갖 산해진미를 맛보며 부귀영화를 누리는 벌?"

"커흠."

오하라는 로렌의 지적이 민망한 듯 헛기침을 했다.

"그런데 지금 어디 가는 거야?"

그러고선 노골적으로 화제 전환을 시도했다. 로렌은 오하라의 그러한 수작에 그냥 넘어가 주기로 했다.

"셀라시에 왕국."

로렌의 대답을 들은 오하라는 화들짝 놀랐다.

"뭐?! 설마……."

"눈치챈 모양이로군."

로렌은 훗 웃었다. 하긴 오하라가 눈치를 못 챌 리 없었다. 로렌이 그것의 존재를 알아챈 것도 오하라 덕이었으니까.

"셀라시에 왕국에 그걸 가지러 갈 거야."

"꼭 원래부터 자기 거였던 것처럼 말하네."

로렌은 오하라의 투덜거림을 무시했다. 3년 후에 그걸 자기 것처럼 가져간 건 오하라였다. 아직 일어난 일은 아니지만, 그래도 로렌은 오하라가 할 말은 아니라고 생각했다.

"저기, 그게 뭐야? 셀라시에 왕국에 있다는 그거."

로렌과 오하라의 눈치를 보면서 입을 다물고 있던 스칼렛이 조심조심 입을 열어 물었다.

스칼렛이 원래 이런 성격은 아니었던 것 같은데, 아무래도 처음으로 보는 '어른'을 상대로 긴장한 것 같았다. 그 '어른'이 나태하고 겁 많고 단순한, 노골적으로 말해 글러먹은 성격인 건 스칼렛에게도 멜라니에게도 매우 유감인 일일 터였다.

"우선은 나일로 신성국에서 훔쳤던 것을 셀라시에 왕국에서도 훔칠 거야."

"그 엘리시온의 경이인가 뭔가 하는 것 말이야?"

"그래."

엘리시온의 경이에 대한 정보는 극비이지만, 드래곤의 존재 또한 그것과 비슷할 정도로 극비이다. 어차피 스칼렛이 어디 가서 떠들 것도 아니니, 로렌은 그녀에게 엘리시온의 경이에 대해 숨길 필요를 느끼지 못했다. 로렌 본인이 나일로 신성국에서 저지른 범죄에 대해서도 말이다.

"우선이라는 건 다음이 또 있다는 거야?"

"뭐, 있지."

로렌은 헛웃음으로 넘기고 더 이상 설명을 하려 들지 않았다. 오하라도 불쾌한 듯 입을 다물어 버렸기 때문에, 스칼렛은 로렌에게 대답하라고 윽박지를 수 없었다.

60장
셀라시에 왕국

로렌 일행은 셀라시에 왕국에 도착했다. 정확히는 셀라시에 왕국의 수도인 아디스에.

여기서부터는 북부 공용어가 통하지 않는다. 나일로 신성 국도 대륙 중부에 속하지만 북부 왕국들과의 교류가 있어 북부 공용어가 완전히 통하지 않는 건 아니었다.

하지만 셀라시에 왕국은 다르다. 여기서 제대로 의사소통을 하려면 적어도 중부 공용어를 할 줄 알아야 했다.

물론 로렌은 중부 공용어도 사용할 줄 안다. 비록 자주 사용하지 않아 외국인 티가 나는 건 어쩔 수 없지만, 지금 로렌의 외모부터가 북부인이니 애초에 숨기는 것이 무리다.

'도둑질을 하면 뒤를 밟히겠는걸.'

셀라시에 왕국은 자연이 아름답고 풍광이 좋지만 폐쇄적인 정책 탓에 관광객이 많은 나라는 아니다. 아디스에서 외국인은 눈에 띄는 존재다. 범죄가 일어나면 뒤집어씌우기 좋은 대상이 될 터였다.

'뭐, 이제부터 일어날 범죄의 범인은 나지만!'

로렌은 자조적으로 생각했다.

아무리 셀라시에 왕국이 폐쇄적이라도 여관 시설이 아예 없는 건 아니었다. 시골에서 수도로 올라온 자국민이야 얼마든지 있었고, 사실은 로렌이 잡은 방도 그들을 위한 시설이었다. 여관 주인은 경계하는 빛을 노골적으로 띤 채 로렌 일행을 손님으로 받았다.

로렌류 용기술을 운용하느라 완전히 녹초가 되어버린 스칼렛과 멜라니를 적당히 숙소에 던져 넣고, 모건 르 페이도 품에서 꺼낼 때의 일이었다.

"저, 로렌 님."

"음?"

모건 르 페이가 먼저 말을 걸었다.

"…아무것도 아닙니다."

먼저 말을 걸어놓고 입을 다문다는 건 캐물어달라는 요청이나 다름없었지만, 로렌은 그러지 않았다.

"너도 여기서 대기하고 있어."

로렌은 오하라에게 그렇게 지시했다. 그러자 그녀는 발끈하며 항의했다.

"미쳤어? 그러다 인류 의회의 자객이 찾아오면? 네가 쫓아 줘야 할 거 아니야!"

"……."

맞는 말이었다. 실제로는 자객은 찾아오지도 않겠지만, 로렌이 이미 해둔 말이 있었다. 거짓말을 하려면 끝까지 해야 했다.

"알았어. 그럼 명률법을 사용해."

"응."

오하라는 당연하다는 듯 고개를 끄덕이며 로렌의 지시에 따랐다. 물론 지금 오하라는 웰시 엘프의 모습을 유지하기 위해 명률법을 사용하고 있지만, 로렌의 지시는 그게 아니었고 그녀는 그 지시를 제대로 알아들었다.

두 명률법을 동시에 사용하는 건 쉽지 않은 일이다. 로렌도 원래대로라면 지금 시점에서 명률법 두 가지를 동시에 사용할 수 없었을 정도였다. 하지만 오하라는 웰시 엘프의 모습을 유지하면서 존재감을 낮추는 작업을 쉽게 해냈다.

"됐어."

"그럼 가지."

로렌은 뒤도 돌아보지 않고 뚜벅뚜벅 걸었고, 오하라는 급히 그 뒤를 따라붙었다. 마치 부모의 뒤를 따라 걷는 오리 새끼처럼.

*   *   *

로렌이 셀라시에 왕국에서 얻으려는 보물은 바로 용의 연대에 만들어진 기물, '여의주'였다.

드래곤들이 용의 연대에 남긴 건축물이나 유물 따위는 거의 없다시피 한데, 드래곤이라는 존재 자체가 생산적인 일에 그다지 재능이 없었기 때문이다.

신의 연대를 끝내고 패권을 차지한 초기의 드래곤 왕들은 산이나 계곡, 거대한 동굴 따위를 궁전이라고 부르며 거기서 뒹구는 게 일상이었고, 간혹 인류가 만들어낸 보물들을 빼앗아 가져다 쌓아놓거나 했다.

뭘 만들어봤자 드래곤들이 다 빼앗아가니, 당시 인류도 보물이라 불릴 만한 걸 많이 만들어내지 않았다.

그런 용의 연대에 기물이 만들어진다는 건 굉장히 드물고 신기한 일이라 할 수 있겠다.

하지만 실상은 좀 다르다.

그 여의주라는 기물은 제작된 게 아니다. 생산되었다는 표현이 더욱 적절할 것이다. 달걀이나 우유처럼 말이다. 그렇다고 달걀이나 우유처럼 흔한 것은 아니기에 기물이라는 명칭마저 붙었다.

5천 살 이상 먹은 드래곤이 죽으면 그 드래곤의 몸에 쌓였던 노폐물이 덩어리가 되어서 배출되는데, 이것을 여의주라부른다. 인간으로 치면 사리 같은 것이라 할 수 있겠다.

문제는 원래대로라면 시체의 일부, 즉 폐기물에 불과할 터인 이 여의주에 죽은 드래곤의 힘이 어느 정도 담겨 있다는점이었다.

용의 연대가 종말을 맞이한 이유도 이 여의주에 얼마간 책임이 있었다.

본래 드래곤이란 타고난 싸움꾼이자 태생적으로 파괴에 특화된 생물이다. 각자의 세력이 확립되고 대륙을 서로 갈라 먹어 각 지역의 지배자가 드래곤 왕을 자칭하기 전까지 그들의삶은 투쟁 그 자체라 해도 과언이 아니었다.

그런데 용의 연대도 중세를 넘기면서 평화와 안정을 얻었다. 같은 드래곤끼리 전쟁하는 것보다 자신의 영토 안에 사는인류를 괴롭히면서 편하게 사는 게 더 좋다는 걸 드래곤 왕들이 깨달은 덕분이었다.

싸움에 미쳐 보통 2천 년도 못 살고 죽던 드래곤들이 평화를 누리며 장수를 하게 되었고, 5천 살을 넘긴 드래곤들이 드물지 않게 되었다.

여의주의 존재와 그 효과가 밝혀진 것도 그때쯤이었다.

아무리 여의주에 담긴 힘은 일부라고 하나, 5천 살을 넘긴 고룡의 거대한 힘의 일부라면 이야기가 달랐다.

젊은 드래곤에겐 꿈에도 바라지 않던 막대한 힘인 것이다. 원래대로라면 왕위를 넘보지 못할 어리고 약한 작은 드래곤조차도 여의주만 손에 넣으면 왕이 될 수도 있었다.

이로 인해 대륙은 다시금 거대한 전란에 휩싸였다.

서로가 지닌 여의주를 빼앗기 위해서 싸우는 것은 물론이고, 젊은 드래곤들이 연합해 고룡을 죽여 그 시체에서 여의주를 얻으려는 시도도 허다하게 일어났다. 이 시도로 인해 젊은 드래곤들도 무수하게 죽어나갔지만, 희생당한 고룡도 적다고는 할 수 없었다.

끊이지 않던 전란은 결국 드래곤이라는 종족 전체의 힘을 약화시키는 결과로 이어졌고, 조용히 힘을 기르던 인류와 인류 의회가 행동을 개시하는 단초를 제공했다.

"그래서 드래곤은 멸종했습니다… 라고 그 어린것들에게 말해줄 수는 없으니까."

여의주에 대한 이야기를 스칼렛이나 멜라니에게 털어놓지 않은 이유는 이 때문이었다. 아무리 다 지나간 이야기라 한들 자기 종족이 멸망한 이야기를 마음 편하게 들을 수야 없을 테니까.

"하지만 여의주는 어차피 드래곤이 써야 하는데……. 언젠간 말해야 할걸?"

"뭐 얻고 나서 생각하지."

오하라의 지적에 로렌은 태연히 대꾸했다.

*   *   *

로렌조차도 오하라 덕에 여의주에 대해 알게 되었을 정도다. 이 용의 연대 기물이 진짜 보물이라는 것을 아는 사람들은 드물었다. 그야 그럴 만도 했다. 여의주에서 힘을 끌어낼 수 있는 건 드래곤 정도고, 지금 이 시대에 드래곤은 거의 멸종했으니까.

그래서 로렌은 여의주를 아주 쉽게 손에 넣을 수 있었다.

아디스의 수석(壽石) 수집가에게서 돈을 주고 사들였다.

여의주를 모아 갖고 있는 이가 하필 수석 수집가라는 게 좀 이상하긴 했지만. 하긴 여의주는 겉으로 보기에 아예 돌처럼 보이지 않는 것도 아니다. 좀 특이한 색에 광택이 있는 기암괴석처럼 보일 법도 했다.

실제로는 그 구성 성분은 돌보다는 뼈에 더 가까웠지만, 누가 정원에 놓인 돌의 성분 분석을 하겠는가?

로렌은 손에 넣은 다섯 개의 여의주를 내려다보며 히죽 웃었다.

여의주의 원래 크기는 가장 작은 게 사람 머리통만 했고, 큰 건 그 세 배는 커서 들고 다니기 매우 불편했다.

그래서 로렌은 그 여의주 모두에 일일이 각인을 새겨 아주 작게 만들어 버렸다. 그 덕에 로렌은 이 용의 연대를 종결시킨 희대의 기물을 공깃돌처럼 다루고 있었다.

"굳이 훔칠 필요도 없었군."

로렌은 만약 거래가 틀어지면 그냥 훔쳐 버릴 생각까지 하고 있었지만, 다행히 적절한 가격에 거래가 성사되었다. 물론 그 적절한 가격이란 게 절대 작은 금액은 아니었지만, 거대 기업 연합 로하트 그룹의 실소유주인 로렌에겐 살짝 부담되는 금액에 불과했다.

게다가 로렌은 이 수석 수집가에게 약간의 고마움도 느끼고 있었기에, 그를 상대로 범죄행위를 저지르지 않은 것을 매우 다행으로 여기고 있었다.

아디스의 수석 수집가가 아니었다면 다섯 개의 여의주를 찾고 모으는 데 꽤 많은 시간과 노력이 들어갔을 테니까 로렌이 고마워할 만도 했다.

좀 이상하게 생긴 돌을 약간 비슷하다는 이유만으로 끌어다 모아서 깔끔하게 관리까지 할 수 있는 건 오로지 수석 수집가가 수집가로서의 덕목에 충실했기 때문이었다. 다섯 개의 여의주가 한데 모여 있는 건 오로지 그 덕이었다고 할 수 있었다.

"그런데 이럴 거면 나한테 명률법을 왜 쓰라고 한 거야?"

오하라가 투덜거렸다. 여의주의 값을 흥정하는 동안 그녀는 로렌 옆에 서서 멍하니 하늘을 쳐다보고 있었던 게 전부였다. 그녀는 명률법으로 모습을 숨기고 있었기에 대화에 끼어들 수도 없을뿐더러, 애초에 그녀가 끼어들 여지 같은 건 없었다.

멋대로 따라온 주제에 할 일 없다고 투덜거리는 것도 이상하긴 했지만, 로렌은 그냥 순순히 그녀의 의문을 풀어주기로 했다.

"넌 너무 눈에 띄어. 굳이 주목당할 필요가 없지."

오하라는 아디스에는 드문 웰시 엘프로, 화려한 금발에 상아빛의 피부를 지닌 데다 스스로 말한 바와 같이 굉장한 미녀다. 그런 데다 지금 그녀는 파티마에서의 복장 그대로라 눈에 너무 띄었다.

옷을 입었다지만 투명하다시피 한 얇은 비단 천을 두른 것뿐이고, 가릴 데는 가렸다지만 귀금속과 보석으로 가리고 있다. 너무 몰상식한 복장이라 로렌도 옷을 사서 입혀야 하나

잠깐 생각했지만, 그럴 시간이 아까웠다. 돈도 아까웠고.

그러느니 그냥 명률법을 쓰게 해서 사람 눈에 안 띄게 하는 게 로렌 입장에서는 가장 간편하고 좋은 방법이었다.

"그게 전부야?"

"그래."

로렌은 고개를 끄덕였다. 다른 이유 같은 건 없었다.

"싫으면 너 혼자 가서 옷 사서 갈아입고 오던지."

"…나 혼자?"

오하라는 부르르 떨더니 금방 고개를 붕붕 저었다.

"명률법 쓰고 말지."

"그럼 그렇게 해."

사실 로렌은 회귀 주문을 외운 후 오하라와 만나자마자 딱 죽지 않을 만큼 패줄 생각을 할 정도로 그녀를 싫어했지만, 지금은 별로 그런 생각이 없었다. 그녀와의 대화가 이상하게 유쾌했기 때문이었다.

'그냥 막 대해도 되고, 편하고 좋군.'

만약 오하라가 로렌의 속내를 눈치챈다면 화를 좀 내겠지만, 그렇다고 뭐가 바뀌진 않을 터였다.

로렌은 큭큭 웃으며 말했다.

"다음으로 가자."

"다음?"

이제 진짜 범죄를 저지를 차례였다.

*   *   *

아디스에 보관되어 있던 엘리시온의 경이 파편은 그럭저럭 엄중히 관리되었던 것 같았지만, 파티마에서만큼은 아니었다.

아디스의 파편에는 따로 주인이 없었기에 로렌이 가진 나침반으로 쉽게 그 위치를 알아낼 수 있었다.

그 장소란 바로 어느 부잣집의 창고였다.

"허, 참."

로렌은 혀를 끌끌 찼다. 왕궁도 아니고 그냥 부잣집의 창고라니.

로렌이야 알 리 만무하지만, 이 부잣집은 과거 셸라시에 국왕의 셋째 여동생이 시집온 명문가고, 엘리시온의 경이 파편은 지참금 대신 주어진 것이었다.

지참금으로 주어지기에는 엘리시온의 경이 파편은 지나치게 귀한 물건이지만, 당시 셸라시에 국왕은 보물의 가치를 제대로 이해하지 못했기에 벌어진 희극이었다.

하기야 파편에 고귀함을 공급해 줄 웰시 엘프조차 없을 정도니, 이제는 이 보물이 어떤 보물인지조차 잊히고 말았으리라.

기실 보물이라 취급을 못 받고 있는 것이나 다름없다. 아니라면 창고 한구석에 놓여 이렇게 먼지나 쌓이고 있을 리가 없으니 말이다. 지참금 대신 주어졌다지만 왕궁에서 내린 선물을 어디다 내다 팔 수도 없어 애물단지처럼 창고에서 썩히고 있는 것이리라.

어쨌든 괜히 공주가 서집을 정도의 명문가가 아닌지라 창고에도 두 명의 경비병이 서 있었고, 경비 초소도 들어서 있었지만 나일로 왕국의 파티마만큼 엄중한 경비는 아니었다.

로렌이 할 일을 간단했다. 그냥 명률법과 텔레포테이션으로 그 장소로 가서 집어 오기만 하면 되었다. 범행을 쉽게 해낸 로렌은 사람 머리통만 한 파편을 각인의 힘으로 구슬 크기로 압축시키며 오하라에게 가벼운 태도로 말했다.

"이제 가자."

"그, 그래."

자기 집에서 놓고 온 열쇠를 집어 온 것 같은 로렌의 태도에 오하라는 어이없어했지만, 로렌은 신경 쓰지 않았다.

*　　　　*　　　　*

아직 로렌의 범행은 들키지 않았지만, 만약 발각된다면 외국인인 로렌 일행이 가장 먼저 의심받을 터였다. 그러니 귀찮은 일을 피하기 위해서라면 지금 당장 떠나는 것이 옳았다.

"여기 특산물을 먹어보고 싶어!"

그런데 스칼렛이 고집을 부렸다. 그런 스칼렛에게 로렌은 이렇게 말했다.

"여기 특산물은 커피야."

거짓말이 아니었다. 아디스는 이 나라 전체에서 질 좋은 커피가 모여드는, 커피 애호가에게 있어서는 천국이나 다름없는 도시였다.

커피 자체가 이 세계에서는 그렇게까지 메이저한 취미가 아니며, 외국인에게 퉁명스러운 이 나라의 풍습도 합쳐져서 오직 커피만을 마시러 오는 관광객은 매우 드물었지만 말이다.

"커피? 그게 뭔데?"

아무리 북부 변경에서 살아왔다지만 300살 이상 나이를 먹은 스칼렛조차 모를 정도니, 그 마이너함이 도를 넘었다.

"콩을 태운 재를 달여서 마시는… 차 같은 거야. 쓰고, 먹으면 잠이 안 오지."

이 세계의 커피는 지구의 것과 차이가 많이 있지만, 근본적인 부분에서는 그리 다르지 않았다. 로렌의 설명을 들은 스칼렛이 눈을 휘둥그레 떴다.

"…그런 걸 왜 먹는데?"

"인간은 졸리면 자야 하거든. 그것도 매일매일."

그 설명을 듣고서야 스칼렛은 납득했다.

"아, 인간한텐 쓸모가 있겠네."

"마셔볼래?"

"아니, 됐어. 그냥 가자."

커피 애호가들이 들으면 펄쩍 뛸 짧막한 대화가 오갔고, 스칼렛은 더 이상 고집을 피우지 않게 되었다.

61장
새로운 힘

"그런데 너희 뭐 하는 거야?"

오하라가 로렌류 용기술에 대해 궁금증을 품은 건 더 예전의 일일 터였다. 하지만 그때는 아직 물어볼 만한 상황이 아니라고 생각했던 건지 굳이 질문을 던져오지는 않았다.

지금은 질문을 해오는 것으로 보아, 적어도 그녀 본인은 로렌이나 스칼렛, 멜라니와 어느 정도 친해졌다고 생각하는 것 같았다.

그리고 오하라의 그런 인식은 그리 틀리지 않았다.

"로렌류 용기술이에요."

스칼렛이 순순히 오하라에게 그렇게 대답해 줄 정도는 되었으니까.

"로렌류 용기술? 기술에 자기 이름을 붙인 거야?"

오하라가 놀라며 되물었다. 그런 오하라의 반응에 로렌은 새삼스레 약간 부끄러운 기분이 들어 변명하듯 말했다.

"…내가 붙인 거 아니야."

이름을 붙인 건 바투르크다. 물론 바투르크가 이름을 붙인 건 로렌류 기마술이었고, 그걸 응용해 용기술에도 로렌류를 붙인 건 로렌 본인이긴 했다. 그렇더라도 로렌이 자기 입으로 그런 걸 오하라에게 털어놓을 리는 없었다.

"흐음, 용기술이라. 들어본 적도 없는 기술이네. 내가 보기엔 공력을 운용하는 것 같은데, 맞아?"

오하라의 물음에 로렌은 약간 놀라 질문에 대답하는 대신 이렇게 되물었다.

"드래곤들도 이 힘을 공력이라고 부르나?"

"어? 으, 웅. 마력이니 공력이니 하는 명칭들은 대부분 드래곤들이 지은 거야."

그건 로렌도 처음 듣는 사실이었다.

"그랬어?"

"정확히는 인류 사회에 놀러 나가서 그 명칭을 인류들에게 퍼뜨린 거니, 지금까지 그걸 전승받은 당사자들은 그 사실을 몰랐겠지만."

정말로 몰랐다! 마력이니 공력이니 하는 단어를 그냥 쓰고 있던 로렌도 그랬다. 그는 지금 세계에서 둘째라면 서러워할 기사이자 마법사인데도 말이다.

"나도 한동안 파티마에 틀어박혀서 요즘 어떤지 모르겠는데, 혹시 리히텐베르크류니, 라부아지에류니, 아보가르도류니, 이런 거 들은 적 없어?"

공교롭게도 세 유파 모두 로렌이 아는 유파였다. 그냥 아는 정도일까, 로렌은 리히텐베르크류의 창술과 라부아지에류의 비검술, 아보가르도류 박투술을 배운 수련자이다.

"설마 그 이름들이 다 드래곤의 이름이었다는 거야?"

"가명이지만. 그 반응을 보니 그것들이 다 지금까지 전해져 내려오는 모양이네."

로렌의 반응을 보고 오하라는 고개를 끄덕이며 혼잣말을 했다. 그 혼잣말이 로렌에게는 대답이나 다름없었다.

"하기야 뭐, 본인이 드래곤이란 걸 숨기고 인류에게 전파한 거였으니 인류 입장에선 모르는 게 당연하지. 그렇지 않았더라면 드래곤을 증오하는 인류가 지금에 이르기까지 드래곤의 기사도를 전수해 왔을 리도 없고."

"…아니, 왜? 어째서 드래곤이 인류에게 기사도를 전수해 준 거지?"

전해져 내려오는 이야기에 따르면 드래곤 왕들에게 반기를 든 건 기사들도 마찬가지였다.

비록 당시에 정말로 활약한 건 화포를 비롯한 화기와 하늘을 날아다니는 방주 등 최신예 기술이 적용된 무기를 든 전사들이었다지만, 애초에 드래곤 앞에까지 가서 버티고 서서 총을 쏘고 칼을 휘두른 자들이 기사도 전수자들이었을 가능성은 상당히 높았다.

초인적인 신체 능력이 없다면 총알이 닿는 거리까지 접근하기도 전에 드래곤의 숨결에 휩쓸려 죽을 테니 말이다.

'아, 축복받은 자들이 있군.'

뭐 어쨌든, 기사도를 전수하지 않았다면 며칠이라도 더 드래곤의 시대를 연장시킬 수 있었을지도 모른다는 것만은 확실했다.

즉, 드래곤은 스스로 만든 칼에 찔린 거나 다름없는 셈이 된다.

"그야 그런 기사도는 인간의 몸일 때 유용한 기술들이잖아."

로렌의 질문에 오하라는 아무렇지도 않게 대답했다. 아무래도 그녀는 수천 년이 지난 지금도 로렌이 이른 결론에는 도달하지 못한 모양이었다.

"드래곤들이야 여흥 삼아 만든 것들이지만, 그걸 필사적으로 수련해서 발전시키는 건 인류가 더 잘할 테니까. 뭐, 인류 식으로 말하자면 농업이라고 할 수 있겠네. 씨를 뿌려두면 식물이 멋대로 자라나서 열매를 먹을 수 있다며? 그런 걸 꾀한 거지."

농업에 대해 그냥 넘어갈 수 없을 정도로 잘못된 인식이 묻어나는 발언이었지만, 로렌은 그 내용에 대한 충격이 너무 커서 오하라의 그런 발언에 비난할 생각조차 못 했다.

'기사도가 드래곤의 여흥으로 만들어진 것이었다니!'

그러나 로렌은 곧 안정을 되찾았다. 또 다른 한 가지 생각을 떠올렸기 때문이었다.

"흠, 그럼 너도 기사도를 잘하겠군."

"아니, 전혀."

로렌의 생각과 달리 오하라는 고개를 절레절레 저었다.

"내가 할 줄 아는 건 그냥 공력을 다루는 것뿐이야."

애초에 접근 방법이 달랐다. 로렌을 비롯한 인류는 공력을 다루기 위해 기사도를 수련하지만, 드래곤은 기사도 따위 없어도 요령만 파악하면 공력을 다룰 수 있는 것이다!

'가만, 생각해 보니 나도 그랬던 것 같아.'

애초부터 로렌은 각인의 힘을 공력으로 전환하는 방식으로 공력을 다루기 시작했고, 그 공력을 효율적으로 다루기 위해 기사도를 배운 케이스였다. 그리고 스스로 해법을 깨우쳐 로렌류 기마술을 만들어내기까지 했다.

이것은 로렌이 이미 마력이라는 에너지를 다룰 줄 아는 마법사였기에 가능한 접근 방법이었다. 물론 마력과 공력은 다루는 방식에 있어서 크게 차이가 나지만, 어쨌든 힘을 다룬다는 근원적인 부분에 있어서 공통점이 완전히 없지는 않았다.

그런데 기사도를 원숙하게 수련하고 승화의 경지에까지 오른 지금은 로렌도 다른 기사와 마찬가지로 공력과 기사도를 연동시켜서 다루게 되었기에 인식이 바뀌게 되었다.

'그렇군…….'

기묘한 깨달음이었다.

로렌은 이미 라부아지에류 비검술과 아보가르도류 박투술을 극성(極成)까지 깨우친 몸이었다.

며칠 전만 해도 각인기예를 수련하느라 기사도를 완성시킬 시간이 없었지만, 회귀 주문을 사용하기 전인 2년 후의 로렌이 얻은 기억과 깨달음을 그대로 전승받았기에 가능한 경지였다.

기억과 깨달음과 달리 신체 능력은 그렇지 않기에 아직 로렌이 기사로서 완전하다고는 할 수 없지만, 어쨌든 그는 더 이상 기사도를 수련함으로써 얻을 수 있는 게 없었다.

그러니까 지금 스칼렛과 멜라니에게 공력을 주입해 가며 수준을 높이려 드는 것이었고.

하지만 지금 오하라가 준 짧은 한마디는 로렌에게 큰 영감을 주었다. 오하라 본인이야 아무 생각 없이 한 말이겠지만, 로렌에게 있어선 오하라의 의도 따윈 상관없었다.

'시도해 볼 만은 하지.'

또 다른 로렌류의 창시. 불가능하지는 않은 일이다.

'세계의 멸망을 막고 나면 생각해 보자.'

하지만 로렌은 곧 고개를 저으며 목구멍 아래까지 치밀어 올랐던 욕망을 억눌렀다.

'벌써 세상의 멸망을 막고 난 후의 일을 생각하는군.'

그걸 깨닫고 나니 큭큭큭, 하는 웃음이 저절로 로렌의 이 사이로 새어 나왔다. 처음 회귀 주문을 사용했을 때만 해도 막막하기만 했는데, 지금은 그럭저럭 마음의 여유가 생긴 모양이었다.

"로렌, 무서워! 왜 갑자기 혼자 웃는 거야?!"

스칼렛이 몸을 떨며 추궁했다.

"그럴 수도 있지, 내 참. 어쨌든 오하라, 공력을 다룰 줄 알면 우리 좀 도와줘."

"뭐, 밥 얻어먹는 대신 그러기로 했잖아. 아직 한 끼도 못 얻어먹은 것 같지만."

로렌이 스칼렛의 추궁을 가볍게 피해가며 오하라에게 부탁하자, 오하라는 쾌히 승낙했다. 다시 생각해 보면 별로 쾌히 승낙한 것 같지는 않았지만 로렌은 그녀가 쾌히 승낙했다고 생각하기로 했다. 어차피 결과는 별다를 것도 없었다.

*   *   *

그리고 그 결과는 실로 충격적이었다.

오하라의 공력량은 그야말로 막대했다. 막대하다는 표현으로도 부족할 정도였다. 아무리 로렌이 아직 육체적 성장이 완전히 끝나지 않았다지만, 승화의 경지에 오르고도 탈각의 경지에 오른 최강급의 기사다. 그런데 오하라가 지닌 공력의 양은 로렌의 두 배 이상이었다.

비록 그 질이 낮고 운용이 미숙한 데다 실제적인 물리력으로 치환하는 효율이 지극히 낮다는 문제점이 있긴 했지만, 절대량만 따지면 실로 어마어마한 양이라 할 수 있었다.

그리고 열심의 경지에 올라 이심에서 뜨거운 공력이 뿜어져 나오는 로렌과 달리, 오하라의 공력은 찌릿찌릿했다. 마법사인 로렌은 그녀의 공력에 전기 성질이 포함되었음을 금방 알아챘다.

그런 공력이 콸콸콸 정도가 아니라 둑 무너진 것처럼 콰콰콰콰 쏟아져 내리니, 멜라니는 물론이고 스칼랏조차도 정신을 못 차렸다.

"로렌! 로렌! 로렌! 로렌!!"

스칼렛이 망가진 것처럼 로렌의 이름만 계속 불러대니, 로렌도 놀라서 잠깐 엘리시온의 경이를 켜줬을 정도였다. 오하라가 스칼렛의 등 뒤에 앉아 그녀를 통로로 삼아 어쨌든 대책 없이 공력을 쏟아부어댔으니, 스칼렛을 욕할 일은 아니었다.

원인을 금방 깨달은 로렌은 오하라를 자기 앞에다 앉히고 자신을 경유해서 공력을 돌리도록 한 이후에는 간신히 사태가 수습되었다.

이변이 생긴 건 그 직후였다.

"로, 로렌."

멜라니가 떠듬떠듬 말했다.

"왜? 또 아파?"

"기……."

"기?"

"기분 좋아!"

황홀한 목소리로 멜라니가 외쳤다.

'얘는 또 왜 이러나.'

어쨌든 더 이상 아프지 않다니 다행이라고 생각하면서 로렌은 슬쩍 멜라니에게 가는 공력량을 늘렸다. 그러자…….

"흐아아아아아!"

멜라니가 기묘한 비명을 질렀다. 그와 동시에 멜라니의 몸을 타고 막대한 공력이 로렌에게 되돌아왔다.

짜르릉!

로렌이 비명을 지르지 않은 게 기적적인 일이었다. 멜라니에게는 분명 이심이 없는데, 스칼렛에게 로렌류 용기술을 사용했을 때보다도 훨씬 그 리바운드가 컸다. 로렌도 예상하지 못했기에 미리 대응하기가 힘들었다.

그럼에도 로렌은 정신을 똑바로 차리고 스칼렛과 오하라에게 이 공력이 역류하지 않도록 주의하며 회전시켰다. 그리고 그 회전시킨 공력을 그대로 천천히 멜라니에게 밀어 넣었다.

"아아앗! 아아!!"

그러자 멜라니는 온몸을 비틀며 휘청거렸다. 한창 하늘을 가르며 날아가고 있던 그녀의 날개 또한 이상한 방향으로 뒤틀려, 결국 지면을 향해 떨어지기 시작했다.

"멜라니, 정신 차려!"

로렌은 그렇게 외치며 그녀에게 흘려 넣던 공력을 멈췄다. 그래도 문제는 해결되지 않았다. 흘러드는 공력이 멈췄을 뿐, 로렌을 경유해서 흘러들어 간 오하라의 막대한 공력은 아직 멜라니의 체내에 남아 있는 상태였다.

"흐윽, 아아앗!!"

멜라니는 여전히 몸을 뒤틀어대었다. 그리고 다음 순간.

"뭐야, 애 왜 이래?!"

오하라가 놀라서 외쳤다.

"탈각하려고 하고 있잖아? 이런 하늘 위에서!!"

"탈각?"

로렌은 그녀에게 탈각의 경지라는 명칭을 설명한 적이 없지만, 기사도가 드래곤에게서 비롯되었음을 알기에 별로 이상하게 생각하지 않았다. 그런데 오하라의 반응이 이상했다.

"그래, 허물을 벗으려고 하고 있어! 이대로는 계속 못 날아!! 추락할 거야!!"

"그렇군."

오하라의 설명을 들은 로렌은 납득했다.

그야 그랬다. 드래곤도 파충류다. 뱀이나 도마뱀처럼 허물을 벗는 게 별로 이상한 일은 아니었다.

"공력 운용 멈추고 멜라니 위에 잘 붙어 있어."

로렌은 오하라와 스칼렛에게 그렇게 지시하고 멜라니에게 완강 주문을 걸어주었다. 그러자 멜라니가 추락하는 속도가 크게 줄어들었다.

"마법만 있으면 양력이고 뭐고 상관없지. 돌멩이라도 날 수 있게 만들 수 있으니까."

다소 극단적인 예지만, 대마법사인 로렌은 실제로 부릴 수 있는 곡예였다.

"어, 그래도 떨어져!"

그럼에도 불구하고 이미 추락하던 기세가 있던 탓에 지면은 금방 가까워져 왔다. 스칼렛의 비명 섞인 외침을 들으면서도 로렌은 별 당황도 하지 않고 곧장 대응했다.

"흡!"

로렌이 멜라니를 대상으로 지정하고 도약 주문을 사용해 주자, 멜라니의 거체가 허공으로 훅 치솟았다.

"우와아!"

오하라가 도약의 기세에 놀라 외쳤다.

"이 정도 무게에다 대고 도약을 걸려니 마력이 많이 드는군."

확실히 마력은 좀 많이 들긴 했지만 별의 영역에 오른 로렌에겐 별 부담도 안 되는 양이었다.

이제 이걸 반복하면 된다.

도약의 기세가 꺼져 다시 떨어지기 시작하면 완강 주문을 걸어주고, 고도가 지나치게 낮아지면 중간중간 도약을 사용해 멜라니의 몸을 다시 허공으로 치솟게 만들었다.

로렌이 하는 걸 보던 오하라가 입을 쩍 벌리고 따지듯 물었다.

"대체 넌 뭔데 드래곤보다 마법을 잘 써?"

오하라의 질문에 로렌은 딱히 대답할 필요를 느끼지 못했다. 그냥 마법에 집중하는 척했다. 실제로는 별로 집중할 필요도 없었지만, 오하라는 멋대로 납득하고 입을 다물었다.

어쨌든 로렌 덕에 멜라니는 허공에서 허물을 벗는 곡예를 해냈다.

"드래곤이 허물 벗는 모습은 처음 보는군."

"나도 다른 드래곤이 허물 벗는 모습은 처음 봐! 보통 허물이란 건 동굴이나 호수 밑바닥 같은 데서 조용히 벗는 거라고!!"

오하라가 따져대었다. 귀가 윙윙대어 시끄러웠으므로, 로렌은 그녀에게 별다른 대꾸를 하지 않기로 결정했다.

어쨌든 허물을 벗은 멜라니의 몸은 한층 더 커진 건 물론이고, 검은빛의 비늘은 한층 더 깨끗하게 반짝이고 있었다. 그 비늘의 아름다운 광채는 오닉스 드래곤이라는 명칭이 왜 붙었는지 시각적으로, 직관적으로 이해시켜 주고 있었다.

"이 허물도 어디다 쓸데가 있을 것 같군."

로렌은 멜라니가 벗은 허물에 각인을 새겨 손바닥 안에 들어가는 사이즈로 만들어놓고 주머니 속에 넣었다.

"으, 변태."

"…뭐가?"

스칼렛이 신경 쓰이는 혼잣말을 했지만, 그녀는 입을 다문 채였다. 로렌도 굳이 캐묻지는 않았다.

허물을 벗은 멜라니는 스칼렛과 비슷한 크기로까지 성장해 있었다. 단번에 어른이 되지는 못했지만, 스칼렛과 같은 청소년 드래곤(Juvenile Dragon)이 된 셈이다.

이로써 드래곤도 탈각의 경지에 오를 수 있을 거라는 로렌의 가설은 참으로 증명된 셈이다.

허물을 벗고 난 멜라니는 완전히 탈진 상태가 되었기 때문에, 로렌 일행은 그 자리에 착륙하기로 했다.

"좋아, 잘했어! 멜라니."

로렌은 지면에 내려앉은 멜라니의 날개를 툭툭 두들겨 주며 기뻐했다.

"어쩐지 부끄러워……."

멜라니는 기운 빠진 목소리로 그런 감상을 남겼다.

"응, 부끄러울 만도 하지."

스칼렛이 그녀의 어깨를 두드려 위로해 주었다.

"도와줘서 고맙다, 오하라. 네 덕분이야."

로렌은 만족스럽게 오하라를 치하했다. 하지만 오하라의 반응이 이상했다.

"뭐야, 방금 뭐가 어떻게 된 거야? 어떻게 이런 일이 있을 수가 있지? 드래곤이 갑자기 성장하다니, 이런 건 이상해!"

"응? 이상하다니?"

로렌은 고개를 갸웃거렸다.

"원래 이런 일은 일어나지 않는 건가?"

"…사람도 이렇게 한 번엔 안 커!"

"음."

오하라의 말에 로렌은 반박하고 싶어졌지만, 그 충동을 참아냈다. 반박하느라 쓰는 시간이 아까웠기 때문이었다.

"어쨌든 도와줘서 고마워, 오하라. 이게 다 네 덕분이야."

"넌 이게 안 이상해?!"

오하라의 추궁을 가볍게 무시하며, 로렌은 이번엔 스칼렛 쪽에 시선을 주었다.

"그럼 스칼렛, 다음은 너야. 알고 있지?"

"무, 무서운데."

로렌의 말을 들은 스칼렛은 자기도 모르게 한 발자국 물러나며 목소리를 떨었다. 로렌은 어처구니가 없어 물었다.

"무서울 요소가 없었잖아. 대체 뭐가 무섭다는 거야?"

"…어른이 되는 게?"

설마 스칼렛이 피터팬 콤플렉스일 줄은 몰랐던 로렌은 그녀의 대꾸에 잠시 할 말을 잃었다.

"그럼 멜라니에게 먼저 기회를 줄까? 이대로라면 멜라니가 너보다 먼저 성체가 될 텐데."

"나도 할래!"

로렌의 말이 다 끝나기도 전에 스칼렛은 급하게 외쳤다. 어른이 되긴 싫지만, 혼자 어린애로 남겨지긴 더 싫은 모양이었다.

아니, 그냥 멜라니에게 지는 게 싫은 것 같아 보이기도 했다.

로렌은 짧게 웃었다.

"멜라니, 그만 일어서. 충분히 쉬었지?"

"아니, 나 3분도 안 쉰 것 같은데."

"기분 탓이야. 3분은 넘었어. 필요하다면 마법을 걸어주지."

로렌은 멜라니의 대답은 듣지 않고 바로 치유 주문을 멜라니에게 걸어주었다. 마법의 힘이 멜라니를 감싸 안으며, 그녀의 소진되었던 체력을 회복시켰다. 과연 멜라니가 소모한 체력이 적지는 않은지, 치유 주문에 들어간 마력의 양은 상당했다.

"자, 다시 이동하자."

로렌은 쾌활하게 말했고, 멜라니는 어쩔 수 없다는 듯 몸을 일으켰다. 지금까지 그녀는 드래곤 상태였기 때문에, 명률법을 사용해 인간의 모습으로 돌아와야 했다.

"오하라, 네 공력은 어때? 충분해?"

"어, 뭐… 드래곤 하트가 있으니 그거야 뭐."

"드래곤 하트?!"

처음 듣는 명칭에 로렌은 놀라 되물었다. 정확히는 이 세계에서 처음 듣는 명칭이었다. 지구에서는 들은 적이 있으나, 환상 소설 속에서나 등장하는 명칭이었다. 하긴 지구에서는 드래곤 자체가 환상 속의 생물이니, 당연한 이야기였다.

"드래곤 하트를 몰라? 그게 뭐냐면……."

오하라의 자세한 설명을 들은 로렌은 내심 실망했다. 듣고 보니 드래곤 하트란 건 그냥 이심이었기 때문이다. 특이 사항이 있다면 드래곤의 이심이라는 점 정도일까.

"난 그거 만드는 데 엄청 고생했는데……."

같이 설명을 듣던 스칼렛이 풀이 죽어 한 혼잣말에, 이번엔 오하라가 놀랐다.

"뭐?! 아직 성체도 아닌데 드래곤 하트가 있다고?! 이게 대체 어떻게 된 일이지?"

"로렌이 만들어줬어요."

오하라가 놀라자 그 반응에 내심 자랑스러워졌는지 스칼렛이 가슴을 펴며 말했다. 그러자 이번엔 오하라의 시선이 로렌을 향했다.

"드래곤도 아닌데 그게 어떻게 가능해?"

"그건 나도 몰라."

로렌은 이번엔 솔직하게 대답했다.

"자, 어쨌든 이동하지. 오하라, 이번에도 도와줄 거지?"

"왠지 코가 단단히 꿰인 것 같은데……. 뭐, 알았어. 지금은 용의 연대도 아니니까."

로렌의 부탁에 오하라는 체념한 듯 대꾸했다.

＊　　　＊　　　＊

결론부터 말하자면 스칼렛은 탈각의 경지에 오르는 데 실패했다. 아무래도 이미 청소년기에 이른 스칼렛이 탈각을 하기까지는 더 많은 공력이 필요한 모양이었다.

다행히도 스칼렛은 이미 이심의 경지에 올라 스스로 공력을 모아들일 수 있으므로 본체 상태로 꾸준히 수련하면 언젠가는 그 경지에 저절로 오를 수 있으리라.

"방법도 알았으니까. 금방 도달할 수 있을 거야."

로렌은 완전히 녹초가 되어 늘어진 스칼렛을 다독였다. 그녀도 꽤 열심히 했지만, 결국 목표를 달성하지 못한 탓에 풀이 죽어 있었다.

"그건 그렇다 치고, 이런 결과에 이를 줄은 몰랐군."

스칼렛을 성장시키기 위해 오하라까지 끌어들여 한 로렌류 용기술 수련이었는데, 정작 성장한 건 로렌이었다. 멜라니를 탈각의 경지로 이끌 때 맛봤던 리바운드를 몇 번이나 경험하는 동안 로렌의 공력도 크게 늘어버린 탓이었다.

늘어난 것은 공력만이 아니었다. 로렌은 오른손으로 번개를 일으켰다. 지지직거리는 푸른 번개가 로렌의 오른손 위에 머물러 있었다. 로렌은 이 번개를 완전히 통제할 수 있었다. 이

것이 로렌이 새로 얻은 경지의 힘이었다.

　로렌은 그가 새롭게 오른 경지의 이름을 '뇌심의 경지'라 붙였다.

　그가 이번에 새롭게 뇌심의 경지에 오르게 된 계기는 간단했다. 오하라의 전기성을 띤 공력을 너무 많이 받았다. 심지어 그걸 멜라니와 스칼렛의 이심을 통해 증폭시키기까지 했다.

　그 결과, 로렌이 테르마이의 칼데라 호에서 겪었던 일이 다시 한 번 일어났다. 그렇다고 또 승화의 경지에 올라 몸이 바뀐 것은 아니지만, 전혀 다른 의외의 변화가 있었다.

　로렌은 왼손으로 불꽃을 일으켰다. 오른손에는 번개를 일으킨 채였다. 로렌의 신체에는 지금 각각 다른 두 종류의 공력이 완전히 별개로 운용되고 있었다.

　이런 곡예가 가능한 이유는 간단했다.

　"이심이 두 개라니."

　뇌심의 경지에 오름으로써 로렌은 전기성을 띤 이심과 열기를 띠는 이심, 즉 뇌심과 열심, 두 개의 이심을 얻게 되었다.

　어째서 이런 일이 가능한지는 로렌도 몰랐다. 아마 이 세상에 아는 이가 없을 것이다. 확실한 건 지금 로렌이 오른 새로운 경지는 인류는 물론이고 드래곤마저도 오른 적이 없는 전인미답의 경지란 거였다.

　'뭐, 승화의 경지도 당시엔 전인미답이긴 했지.'

언젠가는 이 경지도 로렌 혼자만의 경지는 아니게 되리라. 그날을 기약하며, 로렌은 자신이 이른 새로운 경지의 이름을 중심(重心)의 경지라 지었다. 무게중심이 아니라 다중 심장이라는 의미지만, 어차피 한자로 부를 건 로렌 혼자라 크게 신경 쓸 이유가 없었다.

"그건 그렇고, 이상한 곳에 내려와 버렸군."

오하라의 전기성을 띤 공력을 받아내느라 스칼렛은 완전히 녹초가 되어버렸고, 로렌도 오하라와 스칼렛 사이에 앉아 공력의 흐름을 중개하느라 공력 제어에만 온 힘을 쏟은 탓에 그들 일행은 완전히 방향성을 잃고 하늘 위를 표류했다.

애초에 로렌만 제정신을 차리면 되는 문제였지만, 도중에 새로운 경지를 열 수 있겠다는 생각에 지나치게 흥분해 버린 것이 화근이었다.

'그럴 만도 했지.'

3년 후의 시점까지도 도달하지 못했던 기사도 새 경지에의 도달이다. 흥분하지 않으면 사람이 아니다, 라고 로렌은 개인적으로 생각했다.

그 결과, 불시착을 한 지금.

로렌 일행은 이름도 모르는 산에 조난당해 있었다.

물론 여기에 밥 며칠 굶는다고 죽는 인원도 없고, 어차피 하늘로 날아올라 고도를 높인 후 지형을 보고 방향을 잡으면 그만이긴 하지만 말이다. 큰 문제는 아니었다.

"음?"

다음 순간, 로렌은 기묘한 감각에 휩싸여 자기도 모르게 나침반을 꺼내 들었다.

북쪽을 가리키는 나침반이 아닌, 주인 없는 엘리시온의 경이 파편의 위치를 가리키는 나침반이 움직이고 있었다. 지금 나침반은 한쪽 방향을 똑바로 가리키고 있으니, 움직이지 않는다는 표현이 더 정확하긴 할 테지만 말이다.

"어… 그런가."

로렌 일행이 목표 지점으로 삼은 곳은 지금은 셀라시에 왕국이 점령한 구 바이도아 왕국 지역이었다.

지금으로부터 2백 년 전, 셀라시에 왕국은 바이도아 왕국을 침략, 점령했다. 당시의 셀라시에 왕국군은 강군이었고, 바이도아 왕국군은 그렇지 못했기에 전쟁의 결과는 사흘 만에 결판이 났다.

모든 문제는 그 전면전 도중, 바이도아의 국왕이 도망쳐 버렸다는 것에서 시작되었다.

전쟁에서 승리는 했으나, 셀라시에 왕국 측은 바이도아의 국왕을 확보하지도 못했고 그 옥새를 확보하지도 못했다. 항복 문서에 조인해 줄 왕족도, 항복 문서에 찍을 옥새도 없다

보니 공식적으로는 셸라시에 왕국군과 구 바이도아 왕국군은 아직도 전쟁 상태였다.

구 바이도아 왕국 지역은 지세가 험하고 산악과 숲이 많다. 애초에 국왕이 옥새를 들고 도망간 곳도 바이도아 왕국의 수많은 산 중 하나였다. 아무리 셸라시에 왕국군이 강군이라지만 이 많은 산과 숲을 다 뒤지고 돌아다닐 수는 없었다.

더군다나 전면전에서는 손도 못 쓰고 패배했지만, 바이도아 왕국군이 본격적으로 게릴라전을 펼치기 시작하자 셸라시에 왕국군은 적 세력을 일소하지도 못하고 군대를 빼자니 다 잡은 승리를 놓치게 되는 진퇴양난의 상태에 빠졌다.

그렇게 오랜 세월이 지나다 결국 셸라시에 왕국군은 아무것도 얻지 못한 채 퇴각을 결정했다. 군대의 유지비와 게릴라전으로 인한 지속적인 인명 피해가 감당하기 힘든 수준에 이르렀기 때문이다.

그럼에도 불구하고 바이도아의 국왕은 돌아오지 않았고, 옥새도 행방불명된 채였다.

전쟁이 정식으로 끝났다면 모를까, 서류상으로는 셸라시에 왕국과 바이도아 왕국은 아직 전쟁 중이다. 지금은 셸라시에 왕국도 군대를 다 뺐지만, 만약 바이도아에 안정적인 정부가 들어서면 셸라시에 왕국이 바로 항복을 받으려 할 터였다.

셸라시에 왕국은 전쟁에서 승리했음에도 아무것도 얻지 못해 매우 화가 난 상태고, 항복 협상은 당연히 굴욕적인 것이 될 터였다. 그렇다 보니 바이도아의 그 어떤 귀족이나 군벌도 바이도아에 대한 종주권을 주장하려 들지 않았다.

그 결과, 구 바이도아 왕국 지역은 말 그대로 정부 체제 자체가 없는 완전한 무정부 지역이 되고 말았다. 어느 무정부 지역이 다 그렇듯, 바이도아 지역도 지상에 펼쳐진 지옥이나 다름없게 되었다.

당연하게도 이 나라에 얽힌 비극적인 역사나 현재의 처참한 상황은 로렌의 입장에서 보자면 전혀 신경 쓸 바가 아니었다.

로렌이 그 구 바이도아 왕국 지역에 온 목적은 바이도아 국왕이 갖고 도망쳤다고 하는 옥새를 찾기 위해서였다.

바이도아 왕국도 중세 시대에는 열강 중 하나였고, 엘리시온 왕국과의 전쟁에 그럭저럭 큰 지분을 주장할 수 있었다고 한다. 그래서 상당히 큰 엘리시온의 경이 파편을 받았다고 기록에는 남아 있었다.

로렌은 그 파편이 옥새 안에 들어 있을 거라고 추측했고, 그래서 그걸 찾으러 여기까지 온 것이었다.

바이도아 지역은 넓고 지세가 험한데, 왕이 어디서 실종됐는지는 아무도 모른다. 누가 작은 힌트라도 갖고 있다면 셀라시에 왕국군이 먼저 발견했을 텐데, 그러지 못했다는 건 정말 아무도 모를 곳에 국왕이 숨어버렸다는 방증이기도 했다.

아무리 로렌에게는 나침반이 있다지만 그 탐색이 그리 쉬운 일은 아닐 터였다. 그래도 기물의 가치를 생각해서 시간을 들여서라도 찾아내려고 여기까지 온 것이었는데…….

"전화위복… 도 아니군. 그냥 복이로군, 이건."

중심의 경지까지 얻어냈는데 조난 정도 갖고 화(禍)라고 표현하기도 좀 그랬다. 그런데 고생을 각오했던 파편의 탐색도 이렇게까지 쉽게 성공하다니. 복이라고밖에 할 수 없었다.

"스칼렛, 멜라니. 여기서 쉬고 있어."

스칼렛은 축 늘어져 고개를 끄덕였고, 멜라니도 마찬가지였다.

"아, 모건. 너도."

로렌은 만약의 일을 대비해 모건 르 페이도 품속에서 꺼냈다. 만약의 일이 생기면 [리콜]을 사용해 위기에서 벗어나야 하니 당연한 조치였다.

"저, 로렌 님."

그러자 모건 르 페이가 어렵게 결심한 듯 주먹을 꼭 쥐곤 로렌의 이름을 불렀다.

"어, 왜?"

"…죄송합니다."

한참을 망설이다가, 그녀가 한 말은 사과였다.

"괜찮아."

로렌은 시원스럽게 그녀의 사과를 받았다.

"그럼 가자, 오하라."

"어, 응."

오하라는 남겨진 어린 드래곤들을 뒤돌아보다가, 몸서리를 한 번 치고 바로 로렌을 따라왔다.

"그런데 아까 그건 뭐야?"

5분쯤 걸었을까 싶은 시점. 호기심을 참지 못한 듯, 오하라가 로렌에게 질문을 던졌다.

"아까 그거라니?"

"페이가 네게 사과한 거."

"아, 너 페이 아는구나?"

"그야 우리 시대의 고종족(Ancient race)인걸. 왜 이 시대에 남아 있는지는 모르겠지만."

로렌은 오하라의 궁금증을 풀어줄 생각은 별로 없었다. 귀찮기도 했고.

"그런데 아까 그 페이가 왜 네게 사과한 거야?"

하지만 오하라가 계속 질문을 해오니 그게 더 귀찮았다. 그냥 대답을 하는 게 나을지도 모른다는 생각에, 로렌은 시선만은 나침반에 고정한 채 입을 움직였다.

"별거 아니야."

"별거? 그 별거가 뭔데?"

역시 그냥 대답하는 게 낫겠다. 로렌은 결론을 내렸다.

"파티마에서 내가 네게 3년 후의 심상을 전달했을 때, 그 페이가 내 심상을 훔쳐봤어. 그것 때문에 사과한 거야."

"아, 그거? 흐음, 텔레파시를 훔쳐볼 정도라니. 너하고 그 페이는 대단히 유대가 깊은 모양이네. 그래도 차단하려면 차단할 수 있었지?"

"뭐, 내 부주의지."

사실 부주의라기보다는 그냥 신경을 안 쓴 거였지만, 그거야 아무래도 좋았다.

'모르는 게 더 좋았을 텐데.'

로렌이 3년 후의 심상을 보여준 대상은 그와 그다지 크게 친분이 없는 인물들뿐이었다. 예카테리나야 사후세계의 존재이고 오하라는 드래곤이니 둘 다 인물이라고 하긴 좀 그렇지만, 아무튼 그랬다.

제정신으로 목도하기 힘든 참혹하고도 절망적인 심상이다. 이런 걸 친한 사람한테 보여줘서 심란하게 만들 생각은 없었다.

하지만 모건 르 페이는 로렌과 유대를 맺고 있었고, 오하라에게 보여줄 심상을 어쩌다 훔쳐보게 된 모양이었다. 모건 르 페이는 그 심상의 내용에 여태까지 혼자 끙끙 앓다가, 훔쳐봐서 미안하다고 이제 와서 사과를 한 것이다.

'미안하긴, 내가 다 미안하군.'

인류는 호기심 덕에 문명을 여기까지 발전시켜 왔지만, 그것이 재앙의 근원이 되는 경우도 왕왕 있다. 모건 르 페이의 경우가 딱 그런 경우였다.

'하긴, 아무 말 없이 그냥 따라오는 스칼렛과 멜라니가 오히려 너무 단순한 거지.'

회귀 이후 로렌의 행보는 이전과 달리 파격적이었고, 그를 알던 사람이 보면 영문 모를 구석이 있었다. 로렌과 친분이 있던 인물이라면 누구라도 그가 왜 이러는지 이유를 알고 싶을 것이다. 특히나 로렌이 회귀자라는 것을 알고 있는 인물들이라면 더더욱.

그래서 여기까지의 행보에는 아예 인류가 아닌 스칼렛과 멜라니만 데려올 수 있었다. 모건 르 페이도 데려오긴 했지만, 지금은 그녀에게 지나친 짐을 맡긴 것 같아 후회가 되었다.

"그런데 어쩌다 저 페이랑 유대를 다 맺게 된 거야? 아니, 이 시대에 저 페이가 어떻게 살아남아 있는 거야? 페이들은 다 죽은 줄 알았는데!"

귀찮음을 피하기 위해 대답을 한 거였는데, 어째서 더 귀찮아진 걸까? 로렌은 고뇌에 휩싸였다. 하지만 이미 대답을 하기 시작했으니, 로렌은 그냥 계속 대답해 주기로 했다.

"아라크네의 고치 속에 미라 상태로 묶여 있던 걸 내가 구해줬어. 그 뒤에 유대를 맺게 된 거지. 대답이 됐나?"

"어, 어어. …세상에 그런 일도 있을 수 있구나. 아니, 있을 수 없는 일은 아니지만. 어쨌든 놀랐어."

"그럼 이번엔 내가 질문할 차례로군."

오하라가 별생각 없이 뱉은 말 중에, 로렌의 호기심을 자극하는 발언이 있었다. 호기심은 때로는 재앙의 근원이 된다지만, 로렌은 그냥 질문하기로 했다.

"페이는 왜 멸종한 거지?"

로렌의 질문을 들은 오하라의 표정이 확 굳었다.

"음, 별로 대답하고 싶지 않은데."

"설마 드래곤이 제노사이드를 벌였다거나 한 건 아니겠지?"

제노사이드. 인종 말살 정책.

지구에서는 2차 세계대전 시기에 나치가 유태인과 집시를 상대로 벌였던 것이 유명하다. 로마가 카르타고를 상대로 벌였던 것도 유명하고 말이다. 전자는 결국 실패했고, 후자는 거의 성공했다.

그 단어를 들은 오하라가 한숨을 내쉬었다.

"넌 정말 직감이 좋구나."

"아, 정말로?"

별로 이야기하고 싶지 않다고 말했으면서도 오하라는 어째서 페이가 드래곤에 의해 멸종당했는지 상세하게 이야기를 해 주었다. 어쨌든 말하는 것보다는 듣는 게 덜 귀찮았기 때문에, 로렌은 그녀의 이야기를 끊지 않고 적당히 맞장구를 쳐가면서 들었다.

"과연, 말하자면 사랑에 빠진 드래곤 하나가 그 엘프 마법사와 유대를 맺은 페이를 질투해서 생긴 일이로군."

"그렇게 간단히 요약하지 마. 열심히 이야기한 내가 뭐가 돼?"

그 치정 싸움의 결과가 페이라는 종족 전체의 멸망이라니, 어이없는 일이었다. 그야말로 폭거. 피해자인 페이 종족 입장에선 미치고 팔짝 뛸 노릇일 터였다.

그러나 당시는 드래곤이 신의 위치에 앉아 있던 시대. 그리스 신화의 피해자들처럼 페이들 또한 반항조차 못 하고 죽어 나갔을 터였다.

조상님의 치부나 다름없으니, 오하라가 말하고 싶지 않을 만도 했다.

"…그 페이에겐 비밀이야."

오하라는 머뭇거리다가 그렇게 덧붙였다. 로렌도 굳이 이 이야기를 모건 르 페이에게 털어놔서 모건과 드래곤들의 사이를 서먹하게 만들 생각은 없었다.

"어쨌든 도착했다."

이야기를 나누는 사이에도 로렌은 꾸준히 탐색을 계속해, 바이도아 왕국의 유산이 있을 법한 곳을 특정해 내는 데 성공했다.

"여긴… 대체 뭐야?"

오하라가 로렌에게 물었다. 로렌은 그 질문에 대답하지 않았다. 귀찮아서가 아니라, 이번에는 정말 몰라서였다.

고오오오오.

지면에 구멍이 뚫려 있었다. 그럴 수도 있는 일이지만, 문제는 그 구멍이 완전한 원형이라는 점이었다. 그리고 그 구멍의 주변에는 불길한 문자들이 새겨져 있었다.

로렌은 로렌 하트였던 시절 고고학자였다. 물론 마력을 얻기 위한 수단이었지만, 당대의 대마법사였던 그보다 더 고고학을 깊게 판 마법사는 없었다.

그럼에도 불구하고, 로렌은 문자들의 의미는커녕 문자에 대한 사소한 정보 하나도 떠올릴 수 없었다.

"오하라, 이게 무슨 문자인지 알겠어?"

로렌은 자존심을 죽이고 오하라에게 질문했다. 오하라는 고개를 도리질 쳤다. 그것이 부정의 의미인지, 아니면 그저 구멍이 기분 나빠 그런 것인지. 아니, 둘 다일 것이다.

"모, 몰라. 엄청나게 불길한 기운이 느껴진다는 것 외에는 아무것도 모르겠어."

구멍의 크기는 직경 1m 미만. 사람 하나가 간신히 들어갈 만한 크기였다. 로렌과 오하라의 시력으로도 구멍 안의 모습은 보이지 않았다. 그저 어둠, 시커먼 어둠만이 보일 뿐이었다.

"이 어둠, 뭐야? 이상해!"

로렌은 오하라의 그런 감상에 완벽하게 동의했다.

구멍·안에서는 빛 마법도 통하지 않았고, 작은 금속판에 빛의 각인을 새겨 넣어도 어둠은 걷히지 않았다. 열심의 공력과 뇌심의 공력으로도 구멍 안을 비출 수는 없었다. 클레어보이언스로도 구멍 안을 들여다볼 수 없었다.

로렌은 빛의 각인을 새겨 넣은 금속판을 염동력으로 움직여 구멍 안으로 천천히 밀어 넣었다. 구멍 안으로 들어간 순간, 로렌은 금속판을 인지할 수 없게 되었다.

사라져 버린 것이다.

로렌은 다시 나침반을 꺼냈다. 나침반이 이 구멍 안을 가리키고 있다는 건 그도 이미 알고 있었다. 그저 다시 한 번 확인하기 위해 꺼냈을 뿐이었다.

나침반이 가리키는 것이 이 구멍 안이 아니길 바라며.

그러나 나침반은 변함없이 구멍 안을 가리켰다.

"으음."

로렌은 나직한 신음을 냈다.

'신의 연대의 기물인 나침반만이… 능력을 발휘한다고 봐도

되겠군.'

나침반을 제외한 그 외의 어떤 능력으로도 구멍 안을 탐지하는 건 불가능했다.

'구멍 너머는 이 세계가 아닐지도 모르겠어.'

로렌은 호기심이 들었다. 그가 가진 어떤 능력으로도 이런 식으로 차원을 완전히 나눠놓을 수는 없었다.

'이 구멍에 관한 제대로 된 지식을 얻을 수 있다면 막대한 마력을 추출할 수 있을 것 같아.'

구멍 안에 들어간다고 구멍에 관한 지식을 얻을 수 있을 거라는 보장은 없으나, 다른 곳에서 이 구멍에 대한 정보를 얻기란 훨씬 더 어려울 것이다.

'게다가 저 안에는 확실하게 엘리시온의 경이 파편이 있지.'

엘리시온 왕국 토벌 전쟁기에는 변방 열국에 불과했던 다르키아 왕국이나 레뮬로스 왕국과는 달리, 당시의 바이도아 왕국은 상당한 강국이었다. 지금은 멸망하긴 했지만……

탐색에만 성공한다면 얻을 수 있는 파편의 크기가 작지는 않을 터였다.

"들어가 봐야겠어."

구멍과 구멍 주변에 새겨진 문자에서 느껴지는 불길함만으로는 더 이상 로렌을 막을 수 없었다.

"뭐?!"

오하라가 불에 덴 듯 화들짝 놀랐다.

"그러지 마. 그러지 말라고. 그랬다간… 나도 따라 들어가야 하잖아."

당연하게도 로렌을 걱정해서가 아니라, 오하라 본인이 이 구멍에 들어가기 싫어서 하는 소리였다.

아니, 오하라도 어떤 의미에선 로렌을 걱정하긴 하고 있을 것이다. 그가 없으면 오하라는 축복받은 자들에게서 안전을 보장받을 수 없으니까.

그런 오하라에게 로렌은 마치 아량이라도 베풀 듯 따스한 미소와 함께 말했다.

"따라 들어오지 않아도 돼."

"너, 너 진짜 재수 없어!"

오하라의 호들갑스러운 반응에 로렌은 다소 마음이 편해졌다.

"그럼 들어가 볼까?"

호기심은 재앙을 부른다. 욕망 또한 마찬가지다. 그런 불길한 금언이 뇌리를 스치고 지나갔지만, 로렌은 무시했다.

일이 잘못되면 회귀 주문이라도 외우면 그만이다. 물론 회귀 주문의 소모값을 채워 넣기 위해 엘리시온의 경이 발동에 필요한 고귀함을 상당히 소모하겠지만, 감당할 수 없을 정도는 아닐 테니까.

로렌은 그런 다소 안이한 마음가짐으로 구멍 안으로 몸을 던졌다.

*   *   *

보통 안이함은 후회를 부르는 결과로 이어지게 마련이다.

그 격언에 걸맞게 로렌은 구멍 안으로 뛰어들자마자 후회했다.

'별의 몸이 없어졌어!'

별의 몸이 없어졌다. 그 말뜻은 로렌 하트가 평생토록 가장 신뢰해 왔던 힘이자 로렌이 전생토록 의지해 왔던 능력인 마법을 사용할 수 없게 되었음을 뜻한다. 이것은 곧 시간 파괴 주문이나 회귀 주문으로 당장의 위협을 회피할 수 없다는 의미도 되었다.

그뿐만이 아니다.

이대로라면 로렌은 죽는다.

왜냐하면 지금 로렌은 추락하고 있었기 때문이다. 꽤 한참 동안 떨어지고 있는 것으로 보아, 고도는 꽤 높다고 추정할 수 있었다. 이대로 지면에 부딪히면 죽게 될 것이다.

도약 주문이나 완강 주문을 사용할 수 없으니 당연한 일이다.

이 정도 높이에서 추락하면 제아무리 승화의 경지에 오른 기사라도 목숨을 보장할 수 없다.

'그런데 공력도 못 써.'

0%에 수렴하는 사망 가능성을 그래도 1%라도 끌어 올리기 위해 공력을 운용해 보았건만, 그의 이심은 완전히 침묵한 상태였다. 아니, 이심은커녕 근육 말단에조차 단 한 톨의 공력도 남아 있지 않았다. 없는 공력을 회전시킬 수야 없는 노릇이다.

'그럼 정신 능력은 어떠냐!'

안 될 걸 뻔히 알면서도, 로렌은 염동력으로라도 자신의 몸을 허공에 띄우려고 노력해 봤다. 결과는 당연하게도 헛짓거리였다. 아직 로렌의 정신 능력은 그 정도 경지에까지 오르지 못했으니 해봐야 소용없는 짓이긴 했다.

아니, 그 정도도 아니었다.

'정신 능력이 아예 발동하지 않아!'

염동력은커녕 클레어보이언스도, 블링크도, 텔레파시조차도 사용할 수 없었다. 텔레포테이션은 당연히 꿈도 못 꾸고, 모건르 페이에게 리콜을 부탁하는 것도 불가능하다.

'각인… 각인의 힘도 반응을 안 하는군.'

금강의 격이나 천수의 격으로 자신의 몸에 각인이라도 새겨서 추락의 충격을 줄여보려고 시도했으나, 무위로 돌아갔다.

다른 상격들도 발동할 수 없었다.

애초에 피땀 흘려서 열심히 쌓아놓은 순수한 각인의 힘도 흔적도 없이 다 사라져 버렸으니, 지금의 로렌은 상격은 고사하고 평범한 끌로도 가장 기초적인 각인 하나 제대로 못 새긴다.

허탈한 웃음이 나왔다.

처음 전생 회귀의 주문을 사용해 로렌으로 돌아온 후, 갈고 닦았던 모든 능력이 무용지물이 되어버렸다. 허탈할 만도 했다.

'이렇게 죽는 건가.'

로렌은 스스로 생각하기에도 꽤나 강력한 존재였는데, 그 사인이 추락사라니. 후세인들이 알게 되면 꽤나 배를 잡고 웃을 일이었다.

아무리 생각해도 죽음을 피할 방법이 생각나지 않았다. 현실감이 돌아왔다.

'죽는다.'

로렌의 마음속에 죽음의 공포가 들어앉았다.

그 순간, 로렌은 자신에게 아직 남은 힘이 있음을 깨달았다.

'그래, 공포.'

죽음에 대한 공포는 여전히 느껴졌다. 그 말인즉슨, 공포를 자원으로 삼아 발동하는 능력은 사용할 수 있다는 뜻이었다.

명률법.

스칼렛에게 배워 정말 잘 써먹고 있던 이 능력을 왜 까먹고 있었을까? 보통 로렌은 자신을 엘프의 모습으로 위장하거나, 심장만을 드워프의 것으로 바꾸거나 하는 식으로 사용하고 있었지만 명률법의 능력은 그것이 전부가 아니었다.

아니, 오히려 이쪽이 명률법의 진가이자 진면목이라 할 수 있었다.

로렌은 자신의 진짜 이름과 함께, 가장 먼저 떠오른 새의 진짜 이름을 불렀다.

'새매!'

명률법을 발동함과 동시에 로렌의 몸이 쪼그라들기 시작했다.

로렌의 몸이 쪼그라들면서 그가 걸치고 있던 옷과 소지품은 자연스럽게 벗겨져 어둠 속으로 낙하했다. 이것도 꽤나 곤란한 사고였지만, 로렌은 신경 쓰지 못했다.

"끄으으윽!"

익숙하지 않은 모습으로 변신하는 것에 대한 대가를 치르고 있었으므로.

명률법의 대가로 공포가 증폭해서, 로렌의 이성을 깨뜨리려 들고 있었다.

그러나 그 공포를 어떻게든 견뎌낸 로렌은 의도한 대로 새매가 되어 있었다.

'성공했어!'

환희에 잠기는 것도 잠시. 새매의 모습으로 바뀌었다 한들, 아직 추락하고 있는 건 마찬가지였다. 처음 새매가 되어보는 로렌은 서툴게 날개를 펼쳤다.

우드드득.

'으아악!'

갑작스럽게 날개를 펴는 바람에 하마터면 왼쪽 날개가 부러질 뻔했다. 로렌은 지금 그만큼 빠른 속도로 떨어지고 있었다. 교훈을 얻은 그는 새매의 본능에 따라 조심스럽게 날개를 제어해 냈다. 천천히 그의 몸이 바람을 가르기 시작하고, 이 정도면 됐다 싶어 날개를 펼쳤다.

잔뜩 펼친 날개가 공기를 가득 받아, 로렌의 몸을 추락에서 건져내었다.

'대단하군! 상쾌해!'

로렌은 도약 주문을 이용해서 인간의 모습으로도 얼마든지 하늘을 날 수 있었지만, 이런 식의 활공은 처음이었다. 새가 되어본 것이 처음이었으니 그럴 만도 했다.

'큭, 이런!'

일단 살아남긴 했지만, 로렌은 낭패를 느꼈다. 첫 경험에는 항상 문제가 따르게 마련이고, 로렌은 이번 첫 경험에서도 문제와 맞닥뜨렸다.

'새는 너무 멍청해!'

뇌가 너무 작았다!

마력 제어 같은 고급 연산은 고사하고, 인간으로서 기본적인 사고조차 못 할 정도로 말이다. 게다가 그 뇌의 상당 부분이 본능 쪽에 할당되어 있어서 더욱 그랬다. 그 본능 덕에 비행에 성공해 살아남는 데 성공한 건 다행이지만, 살아남기만 해서야 답이 없었다.

이대로 너무 오래 새매로 변신해 있으면 지능이 몸을 따라가 멍청해진 끝에 명률법마저 잊어버리고 인간으로 돌아올 수 없게 되고 말 것이다.

다른 많은 능력을 손에 넣긴 했지만, 뼛속부터 마법사인 로렌에게 있어 '멍청해진다'는 건 죽음보다도 더 큰 공포로 다가왔다.

'아직 생각할 수 있을 때 무슨 수를 써야 해!'

어둠은 짙었고, 지면은 아직 보이지 않았다. 지면이 보인다면 착륙해서 인간으로 돌아오면 될 일이지만, 상황이 좋지 않았다.

'무슨 수, 무슨 수를… 그래!'

그 순간, 로렌의 뇌리를 번개같이 스치고 지나간 생각이 있었다.

‘하늘을 날 수 있고, 인간 못지않게 똑똑한 존재로 변신하면 돼!’

로렌이 아는 한, 그런 존재는 하나뿐이었다.

＊　　　　＊　　　　＊

“명률법으로 드래곤으로도 변신할 수 있나?”

로렌이 스칼렛에게 처음 명률법을 배웠을 때, 이런 질문을 던진 적이 있었다.

“가능해.”

스칼렛은 간단히 대답했다.

“하지만 간단하지는 않아. 한번 해보는 게 빠를 거야.”

스칼렛은 일단 드래곤 종족의 진짜 이름을 로렌에게 알려 주었다. 로렌은 그 이름을 부르고 명률법을 발동시켰으나, 드래곤이 될 수는 없었다.

“왜지?”

“명률법에도 한계는 있어. 극복할 수 없는 한계가……”

스칼렛의 설명을 요약하자면, 자신보다 작은 생물로 변하는 것은 상대적으로 쉬우나 반대는 어렵다는 이야기였다.

“흐음, 그렇군. 하지만 불가능하지는 않다는 말이기도 하네.”

"나야 본체가 인간이 아니니 모르지만. 애초에 드래곤보다 큰 생물이 드물잖아? 그래도 어쩌면 명률법에 익숙해지고, 공포를 아주 많이 모으면 가능할지도 모르지."

*   *   *

새매로 변한 로렌의 머릿속에 스칼렛과 나눈 이야기가 주마등처럼 지나갔다. 기억 용량이 너무 낮아서 이대로 두면 그냥 잊어버릴 것만 같은 이야기이기도 했다.

멍청해질지도 모른다는 공포는 죽음의 공포보다 컸다. 기묘하게도 로렌은 이 공포라면 드래곤으로 변할 수 있을지도 모른다는 생각을 했다. 그렇기에 그는 더 생각할 것도 없이 곧장 명률법을 발동시켰다.

진짜 이름을 말할 때에 인간의 성대가 필요한 게 아니라서 다행이었다. 새매의 성대로는 인간의 언어를 말하기는커녕 단순한 울부짖음밖에 못 했을 테니까.

'드래곤!'

다음 순간.

'흐어어어억!'

로렌은 소리 없는 비명을 내질렀다.

로렌의 온몸이 질량 보존의 법칙을 무시하고 굉장한 속도로 거대화되고 있었다. 그리고 그렇게 마땅히 지켜져야 하는 물리법칙을 무시한 대가로, 로렌은 엄청난 양의 공포를 감당해 내야만 했다.

세계의 멸망을 두 번이나 목격한 로렌조차도 감당할 수 없는 공포가 로렌을 엄습했다. 명률법의 발동에 따른 부작용이었다.

'아아… 아아앗……!'

대상이 없는 공포. 무엇이 무서운지도 모르는 채 그저 무서워만 해야 하는 성질의 공포는 지금이라도 로렌에게서 이성을 앗아갈 것만 같았다.

'<u>으으으으으윽!!</u>'

로렌은 이를 악물고 버텼다. 이대로 광기에 지배당하거나 백치가 되어버리면 모든 게 끝이었다. 지금까지는 별생각 없이 명률법을 써왔지만, 이 특별한 능력을 사용함으로써 무엇을 지불해야 하는지 이렇게까지 명료하게 이해한 건 이번이 처음이었다.

뭐라고 형언할 수조차 없는 공포의 시간이 흘러 지나갔다. 그 시간은 영겁과도 같았으나, 다음 순간 로렌은 그것이 찰나에 지나지 않았음을 깨달았다.

그렇다. 흘러 지나갔다. 로렌은 제정신을 붙잡은 채 스스로의 모습을 바꿔내는 데 성공했다.

로렌은 지금 드래곤이었다.

*   *   *

"로렌! 어떻게… 세상에! 진짜 너야?"

로렌은 자신을 부르는 그 목소리를 듣고서야, 자신이 멍청한 짓을 했다는 것을 깨달았다.

목소리의 주인은 오하라였고, 그녀는 지금 골드 드래곤으로서의 본체로 돌아와 있었다. 오하라는 당연하게도 하늘을 날고 있었다. 드래곤의 날개는 장식이 아니니 말이다.

즉, 로렌은 오하라에게 구해달라고 하면 됐었다.

멍청해지거나 광기에 사로잡혀 백치가 되는 위험성까지 감수해 가며 새매나 드래곤으로 변신하는 위험한 시도를 하지 않아도 됐었다는 뜻이다.

'이런 간단한 것도 떠올리지 못하다니!'

아무래도 별의 몸도, 공력도, 각인기예와 정신 능력도 모조리 잃고 패닉 상태가 되어 판단력이 저하되어 있었던 모양이었다.

"…뭐, 성공했으니 됐지."

로렌은 투덜거렸다. 그 목소리를 들은 오하라가 다시금 놀랐다.

"와, 세상에. 진짜 로렌이야?"

"그래, 오하라. 명률법을 사용해서 드래곤으로 변했어."

"말도 안 되는 짓을! 인류 역사상 이런 인간이 또 있었을까! 정말 굉장해, 로렌!"

대놓고 하는 칭찬에 로렌은 조금 무안해졌다.

"정말 잘생긴 미스릴리온 드래곤이야. 반해 버릴 것 같아. 드래곤이 인류로 변하면 대충 미남 미녀가 되는 줄은 알았지만, 인류가 드래곤으로 변해도 똑같구나! 처음 알았어."

오하라의 이야기 중간에 좀 신경 쓰이는 내용이 있었지만, 로렌은 일단 무시하고 당장 궁금한 것부터 물었다.

"미스릴리온?"

"그래, 미스릴리온! 네 비늘을 봐!"

미스릴리온은 전설의 금속, 혹은 보석으로 현대에는 그 존재가 확인되지 않고 전승으로만 전해 내려오는 환상의 물질이기도 했다. 그 경도는 다이아몬드와 같고, 그 강도는 강철보다도 단단하며, 용암 속에서도 녹지 않고 벼락마저도 튕겨내 버린다고 한다.

그렇게 단단하고 딱딱한데도 미스릴리온으로 만들어진 물건은커녕 하다못해 원석 하나도 현대에 남아 있질 않으니, 그 존재가 의심스러울 수밖에 없다.

그런데 고대의 존재인 골드 드래곤 오하라가 이 금속의 이름을 말하다니. 그것도 드래곤으로 로렌의 모습을 보고, 접두어로 붙여서.

그제야 로렌은 자신의 비늘을 확인할 여유가 생겼다.

"이게 뭐지?"

로렌은 자신의 눈이 이상해진 줄 알았다. 하기야 지금 로렌의 눈은 드래곤의 눈이 되었으니 인간 기준으로는 이상해진 게 맞긴 하지만, 그런 의미는 아니었다.

로렌의 비늘은 투명한데 속이 비쳐 보이지 않았다.

"그게 미스릴리온이야!"

오하라가 쾌활하게 웃었다. 로렌이 당황하는 것이 재미있었던 모양이었다. 그것으로 그치지 않고, 오하라는 친근하게 로렌의 몸에 자신의 몸을 비벼대었다.

"저기, 로렌. 교미하지 않을래?"

로렌의 몸에 소름이 돋았다. 드래곤의 몸에도 소름이 돋을 수 있다는 것을 로렌은 처음 알았다. 비늘이 차르르륵 솟아서 날카로워졌다.

"아얏, 아야!"

소름 돋은 로렌의 비늘에 찔려서 오하라가 로렌에게서 떨어졌다. 아쉬운 듯 입맛을 다신 오하라는 나직하게 혼잣말을 했다.

"지금은 싫은가 보네. 뭐, 천천히 꼬드기면 되겠지."

"그런 소릴 나한테 들리게 말하지 말아줄래?"

로렌은 투덜거렸다. 그러나 오하라는 굴하지 않았다.

"지금 세상에 살아남은 수컷 드래곤은 단 한 마리도 없어! 난 수천 년이나 독수공방을 해왔다고. 그런데 비록 명률법을 쓴 거라곤 하지만 꿈에도 그리던 수컷 드래곤이 나타났어! 게다가 완전 꽃미남! 내 심정을 이해 못 하는 게 이상하지 않아?"

"……."

그렇게 설명해 주니 솔직히 이해가 좀 갔다. 하지만 그렇다고 지금 여기에서, 이 상황에서 오하라와 교미 같은 걸 할 생각은 전혀 없었기에 로렌은 딱 잘라 거부했다. 그러자 오하라는 이렇게 반응했다.

"난 포기 같은 거 안 해! 첫눈에 반했는걸!!"

솔직히 말해 좀 무서웠다.

로렌이 이제까지 이런 류의 맹목적인 대시를 못 받아본 건 아니었다. 로렌 하트 시절에는 대마법사인 그에게 달려드는 제자들이 많았고, 김진우 시절에도 자신의 생존을 보장받기 위해 그와 연인 관계를 구축하려 애쓰는 여자들이 많았으니까.

그래도 그 여자들이 무섭다고 생각해 본 적은 없었다. 왜냐하면 로렌 하트와 김진우에겐 힘이 있었으니까. 다소 강압적이고 악질적인 수단을 동원한다 한들, 그를 상대로는 모조리 무의미한 짓거리일 뿐이었다.

그러나 오하라의 대시는 좀 달랐다. 왜냐하면 지금 당장은 오하라가 로렌보다 강할지도 모르니까. 만약 그녀가 나쁜 마음을 먹는다면 상황이 어떻게 굴러갈지, 확실한 답을 내놓기가 어려웠다.

'여기선 마법도 못 쓰는데, 잘못하면……'

로렌은 나쁜 상상을 애써 머릿속에서 쫓아내고 말을 돌렸다.

"…그만하고, 여기가 어딘지나 좀 알아보자고."

"그러게. 여긴 대체 뭐지? 내가 본체 모습으로 돌아왔는데도 인류 의회의 자객이 한 명도 찾아오질 않다니. 천국인가?"

아무래도 오하라는 로렌과는 정반대의 감상을 품게 된 모양이었다.

오하라를 상대하는 게 귀찮아지고 만 로렌은 혼자서 지면을 향해 날아갔다. 지면은 아직 보이지 않지만, 중력이 느껴지는 방향에 지면이 있으리라고 막연히 기대하면서.

"기다려, 로렌!"

오하라는 그런 로렌의 뒤를 바짝 쫓아와선 그의 꼬리 냄새를 쿵쿵대며 맡았다. 그런 오하라의 행동에 로렌은 진심으로 정조의 위험을 느꼈다.

'빨리 착륙해서 인간 모습으로 돌아가야 돼!'

목적이 바뀌었다.

＊　　　　＊　　　　＊

로렌은 지면을 발견했다.

지면은 검은색이었고, 나무는커녕 풀이나 이끼조차도 존재하지 않았다.

그 검은 지면에 심하게 파손된 해골 한 구가 덩그러니 놓여 있어 눈길을 끌었다. 지면의 색과 대비된 새하얀 인간의 뼈는 더욱 도드라져 보였다.

로렌은 착지해 인간의 모습으로 변했다. 드래곤 상태였다가 인간으로 변하니, 이 환경이 얼마나 가혹한지 알 수 있게 되었다.

심하게 건조하고 지나치게 추웠다. 인간으로 변하자마자 입술이 말라붙었을 정도니 말이다.

게다가 로렌은 지금 알몸 상태였다. 마법도 기사도도 사용할 수 없게 된 지금 상태로는 금방 얼어 죽고 말 것이다.

다행히 로렌은 멀지 않은 곳에서 새매로 변했을 때 떨어뜨린 옷과 그의 소지품들을 찾아낼 수 있었다. 주섬주섬 소지품을 찾아 옷을 입자, 오하라가 뒤늦게 쫓아와 착륙했다.

"원래부터 드래곤인 나보다도 더 빨리 날다니! 드래곤으로서의 재능이 출중한 거 아냐?"

"네가 너무 오래 웰시 엘프 상태로 있었던 거겠지."

"그건 그렇겠지만!"

옷을 챙겨 입은 로렌은 품에서 나침반을 꺼내 들었다. 이렇게 높은 곳에서 떨어졌음에도 불구하고 나침반은 멀쩡했다.

'주머니에 보존 각인을 새겨둔 보람이 있었나. …아니지. 각인의 힘도 지금은 못 써먹게 됐을 텐데.'

어쩌면 각인이 이미 새겨진 물건에는 각인이 통용되고, 새로 각인을 새길 수만 없는 것일지도 몰랐다. 다른 경우의 수가 더 있겠지만, 지금 당장 알아볼 수는 없으므로 로렌은 일단은 가설만 세워두고 말았다.

"…역시. 이 해골이 구 바이도아 왕국의 국왕이었던 모양이로군."

나침반의 침은 아까 보았던 해골 방향을 가리키고 있었다.

해골 주변을 좀 파보니, 검은색 흙 사이에 묻혀 있던 해골 주인의 소지품이 발견되었다. 대부분 오랜 세월을 견디지 못하고 파손되거나 유실되어 버렸지만, 그가 남긴 바이도아 왕국의 옥새와 사람 팔뚝만 한 엘리시온의 경이 파편은 멀쩡했다.

"구멍을 통해 피신한 것까지는 좋았지만, 이 지점에서 추락사한 모양이로군."

만약 로렌이 명률법을 사용하지 못했더라면 그도 바이도아 국왕과 똑같은 결말을 맞이했을 터였다. 로렌은 몸을 부르르 떨었다.

"…일단 올라가 봐야겠군."

마법도 잃고 다른 능력들도 사용할 수 없는 지금의 로렌은 17세 소년에 불과하다. 물론 드래곤으로 변신할 수는 있지만, 명률법만 믿고 다니다가는 정조가 위험해질 가능성이 너무 높았다.

'돌아갈 수 있을지 없을지도 잘 모르겠어.'

로렌은 까마득한 어둠으로 가득 찬 하늘을 올려다보았다.

"오하라, 어떻게 할래? 여기 남을래?"

"그런 심술궂은 소리 하지 마. 난 너랑 같이 갈 거야."

로렌은 왜 같이 갈 거냐고 묻지는 않았다.

"그럼 가자."

적어도 이 검은 세계에서 벗어나기라도 한다면, 로렌은 조금쯤은 오하라에게 상냥해질 여유를 되찾을지도 몰랐다.

＊   ＊   ＊

어둠으로 뒤덮인 하늘을 한참 동안이나 헤맨 끝에 로렌과 오하라는 '구멍'을 찾아냈다. 드래곤이 통과할 수는 없는 크기의 구멍이었기에 다른 방법을 이용해야 했다.

로렌은 앞 발가락 하나만 우선 꺼내어 구멍 위로 내밀고, 명률법을 사용해 인간의 모습으로 돌아가는 방법을 썼다.

"끄으으윽!"

손가락 하나만으로 전신의 체중을 지탱하는 건 그리 쉬운 일이 아니었으나, 로렌이 기사도 수련으로 얻은 건 공력뿐만이 아니었다.

근력만으로 구멍에 대롱대롱 매달려 있다가, 반대쪽 팔을 구멍 바깥으로 꺼내어 자세를 안정시키는 데 성공했다. 거기까지 했으니 구멍 바깥으로 기어 나가는 건 그리 어려운 일이 아니었다.

"후욱, 허억."

구멍을 빠져나온 로렌은 거친 숨을 몰아쉬었다. 식은땀이 온몸을 뒤덮고 있었다.

"…다행이다."

구멍에서 먼저 꺼낸 팔의 근육에서부터 공력이 느껴졌다. 그리고 몸이 다 빠져나오자마자 이심이 펄떡이기 시작했고, 로렌은 그 공력을 마음대로 운용할 수 있음을 깨달았다.

별의 몸도 로렌을 반갑게 맞이해 주었다. 적절치 않은 표현이지만, 로렌 본인은 그렇게 느꼈다. 각인의 힘과 정신 능력까지 건재한 걸 확인한 후에나, 정신적으로 완전히 지쳐 버린 로렌은 그 자리에 퍼질러 누웠다.

다행이 아닐 수가 없었다.

만일 구멍을 통과함으로써 로렌의 능력들이 완전히 사라져, 처음부터 다시 쌓아야 했다면 큰일이었다. 그럼 진짜 망한다. 로렌도 그렇지만 이 세계도 말이다.

'내가 너무 섣불리 행동했군.'

로렌은 반성했다.

"로렌, 도와줘!"

웰시 엘프 모습으로 돌아가 낑낑대며 구멍으로 기어 올라오려는 오하라의 모습은 다소 안쓰러워 보였다. 그러고 보니 엘프는 근력이 그리 뛰어난 종족은 아니었다. 로렌은 그녀의 손을 잡아 끌어 올려주었다. 공력을 되찾았으므로, 그건 그리 어려운 일이 아니었다.

"고마워, 로렌!"

오하라는 활짝 웃으며 말했다. 이전과 다른, 진심에서부터 우러나는 호의가 그녀의 미소에서 느껴졌다.

로렌의 드래곤 모습을 본 뒤로 오하라의 태도가 너무 많이 바뀌어서 부담스러울 정도였다. 이전까지 로렌과 오하라의 관계는 전략적인 제휴 관계라는 느낌이었지만, 지금은 오하라의 태도에서부터 로렌에 대한 호의, 호감, 그리고 욕망이 묻어나고 있었다.

'마지막이 문제지.'

로렌은 몸서리를 쳤다. 그리고 바로 사고의 방향을 다른 곳으로 옮겼다.

"왜 셀라시에 왕국군이 끝까지 바이도아 국왕을 찾지 못했는지 이제야 알겠군."

이런 구멍에 떨어져 숨진 바이도아 국왕을 찾아낼 수 있을 리가 없었다. 로렌도 나침반이 없었더라면 이 첩첩산중에서 작은 구멍 하나를 찾을 수 없었을 것이다. 설령 구멍까지는 찾았다고 하더라도, 구멍 안으로 들어가 탐색을 할 정도로 용기 있는 병사는 없었으리라.

어쨌든 그 덕에 구 바이도아 왕국의 옥새와 엘리시온의 경이 파편은 로렌 것이 되었다. 길게 한숨을 한 번 내뿜은 로렌은 구멍으로 올라오기 전에 미리 던져 올려두었던 짐을 찾아 옷을 꺼내 입었다.

"드래곤으로 변신하는 것도 꽤나 불편하군. 그러고 보니 오하라, 넌 옷을 입고 있네?"

오하라도 로렌과 마찬가지로 드래곤의 모습으로 변했다가 웰시 엘프의 모습을 취했는데도, 그녀는 로렌과 달리 옷을 입은 채로 웰시 엘프의 모습이 되었다.

그러자 오하라는 별것 아니라는 듯 대답했다.

"그야 명률법으로 지금 모습을 '웰시 엘프의 모습'으로 고정해 뒀으니까."

"옷까지 말이야?"

"응. 가르쳐 줄까? 대가는 나와의 하룻밤이야!"

"나중에 스칼렛에게 배워야겠군."

로렌의 혼잣말을 들은 오하라는 다급하게 외쳤다.

"인간 모습으로도 상관없어! 어차피 이 세계에서는 드래곤 모습으로 돌아갈 수도 없고!!"

"스칼렛에게 배워야겠어."

"알았어. 그냥 가르쳐 줄게."

오하라가 어깨를 축 늘어뜨리고는 체념한 듯 말했다.

*   *   *

"어차피 다른 소지품을 갖고 있을 때는 쓸 수 없는 방법이 군."

오하라의 설명을 다 듣고 난 로렌은 실망해서 말했다.

오하라의 설명을 간단히 요약하자면, 지금의 모습을 소지품까지 다 포함해 명률법으로 미리 등록한 후 드래곤으로 변했다가 웰시 엘프 모습으로 돌아올 때 재현하는, 말하자면 세이브&로드 방식을 사용한다고 한다.

그런데 드래곤과 달리 인간은 소지품이 계속 바뀐다. 밥 먹고 값을 치르면 주머니의 동전 숫자가 바뀌고, 가지고 다니던

마른 빵 조각을 먹거나 육포를 새로 사들일 때도 있다. 이렇게 바뀌는 모습을 명률법으로 일일이 등록하는 건 불가능했다.

"뭐, 그거야 그렇지."

오하라는 방실방실 웃으며 대답했다. 로렌과의 대화가 즐거워 견딜 수 없다는 표정이었다. 아까까지 시무룩했던 건 어디 갔는지 모를 일이었다.

"음? 잠깐. 그럼 엘리시온의 경이 파편과 여의주를 잔뜩 가지고 있는 상태를 명률법으로 등록했다가, 파편과 여의주를 다른 곳에 두고 다시 변신하면……."

로렌은 인간답게 그 자리에서 바로 편법을 떠올렸지만, 오하라는 고개를 저었다.

"명률법으로 등록된 모습은 그냥 겉모습을 재현하는 것뿐이야. 진짜로 파편과 여의주가 불어나거나 하지는 않아."

"…하긴 그렇겠지."

"그리고 위험하니까 그런 짓은 하지 않는 게 좋아. 없었던 걸 재현하는 대가로 뭘 지불하게 될지 모를 일이니까."

그냥 공포를 더 지불하는 거면 상관없겠지만, 주머니 속의 파편을 모습만 재현하는 대신 심장이 없어지거나 하면 골치 아파질 거란다.

"…알몸으로 다니는 게 속 편하겠군."

물론 로렌은 엘리시온의 경이를 갖고 있기에 심장이 없어져도 금방 회복할 수 있겠지만, 이런 걸로 고귀함을 낭비하는 건 너무 아까운 일이다.

어쨌든 로렌은 오하라의 설명을 들으며 하던 작업을 마무리했다. 그가 하던 작업이란 구멍이 있는 위치에 각인을 새기고 정신 능력으로 인식시키는 것이었다.

엘리시온의 경이 파편을 회수한 탓에 더 이상 나침반으로 구멍의 위치를 특정할 수 없으니, 다음에 찾아오려면 이런 식으로 이정표를 미리 만들어놔야 했다.

"지금 하는 일이 다 끝나면, 이 구멍 안을 탐색하러 와야겠어."

구멍 안에 잠깐 갔다가 와도 별의 몸과 공력 등의 힘을 되찾을 수 있다는 건 밝혀졌지만, 구멍 안에 '오래' 있다 와도 같은 현상이 일어나리라는 보장은 어디에도 없었다. 어쩌면 능력을 영영 잃어버릴지도 모르는 일이다.

그런 일이 생기면 곤란하다. 지금 로렌은 세계를 멸망의 위기에서 건져내야 하는 입장이었으니까.

'나중에.'

로렌도 마법사고, 저 기이한 공간에 대한 호기심은 여전히 있었다. 중요한 일이 다 끝나고 나면 다소의 리스크는 감수하면서 모험에 나설 수 있게 될 것이다.

"자, 그럼 가자."

오하라는 좀 아쉬운 듯 구멍을 잠깐 바라보았다가, 금방 로렌을 따라왔다.

63장
용사

"로렌, 나 배고파!"

로렌이 오하라와 함께 돌아오자마자, 스칼렛이 불만을 터뜨렸다.

"밥 좀 먹자!"

셀라시에 왕국에서도 한 끼도 못 먹고 나왔고, 그 이후에 탈각의 경지에 오른답시고 수련에 너무 기운을 쏟은 데다 그러고도 아무 성과도 얻지 못했다. 스칼렛의 입장에서 생각해 볼 때, 슬슬 불만을 터뜨릴 시기가 되긴 했다.

"그래, 먹자."

그러므로 로렌은 순순히 고개를 끄덕였다.

"어, 진짜?"

스칼렛은 자기가 말하고도 로렌이 이렇게 순순히 대답할 거라고 생각하지 못한 듯, 그 큰 두 눈을 껌벅여 가며 되물었다. 아직 소녀의 티가 남은 그녀의 그런 반응은 객관적으로 볼 때 매우 귀여웠기 때문에, 로렌은 웃음을 참을 필요가 있었다.

"응, 진짜."

원래대로라면 구 바이도아 왕국에서의 파편 찾기는 시간이 훨씬 더 많이 걸렸을 터였다. 하지만 우연찮게 그 시간을 크게 단축한 지금은 여유 시간이 그럭저럭 생겼다고 할 수 있었다. 아무리 그래도 밥 한 끼 챙겨먹을 시간은 있었다.

"마법으로 버티는 것도 하루 이틀이지."

회복 마법과 공력 회전으로 허기를 억지로 억누르는 건 당연히 건강에 별로 좋지 않았다. 특히 정신 건강에.

"기왕이면 맛있는 걸 먹고 싶어."

그동안 굶어온 것에 대한 반동 때문일까, 스칼렛은 솔직한 욕심을 토로했다.

"그래, 그러자."

로렌의 대답에 스칼렛은 다시 한 번 눈을 휘둥그레 떴다.

"어, 진짜?"

"응, 진짜."

그래서 로렌 일행은 맛있는 걸 먹기 위한 여로에 올랐다.

그 이동 시간 동안에도 스칼렛의 탈각을 위한 로렌류 용기술 수련을 계속한 건 물론이었다.

*   *   *

그렇게 로렌 일행이 구 바이도아 왕국 지역을 떠난 후.

입을 쩌억 벌린 채 덩그러니 남겨진 구멍에서 손이 하나 쑤욱 빠져나왔다.

인간의 손이었다.

손의 주인은 철봉이라도 하는 것 같은 요령으로 상반신을 먼저 구멍 밖으로 내민 후, 팔의 힘만으로 휙 뛰어올라 착지했다.

다소 신비스러운 분위기를 휘감은 검은 머리의 소년이었다. 겉으로 보기에는 완전히 무해해 보이는 인간 소년. 이 정도면 미소년이라고 평할 만한 외모이긴 했으나, 그다지 강인해 보이거나 하지는 않았다.

소년은 푸른 하늘을 올려다보며 심호흡을 몇 번 하고는 벅찬 목소리로 말했다.

"으, 이게 몇 년 만의 고향 세계야?"

소년의 눈 끝에는 눈물이 한 방울 솟아올라 있었지만, 그것이 흘러 떨어지기 전에 소년은 소매로 슥 닦아버렸다.

"다들 잘 있을까? …아니, 잘 있을 리는 없구나. 내가 본 건 분명 드래곤이었으니까……."

쓰읍, 하는 소리와 함께 울음을 삼킨 소년은 결연한 표정으로 중얼거렸다.

"언제든 어디든, 내 임무는 변하지 않지."

소년은 갑자기 쿵쿵거리며 코를 벌름대기 시작했다. 그러고선 목적으로 하는 냄새를 찾은 듯, 눈을 빛냈다.

"저쪽이로군."

소년의 몸이 허공에 둥실 떠올랐다.

"가자."

그 말과 동시에, 소년의 몸은 마치 투석기에 의해 던져지기라도 하듯 솟구쳐 날아가기 시작했다.

아니나 다를까, 소년의 몸이 날아간 방향은 바로 로렌 일행이 날아간 그 방향이었다.

* * *

추적자의 존재를 가장 먼저 눈치챈 것은 로렌이었다.

"뭐가 붙었군."

"뭐?!"

그러나 가장 놀란 것은 오하라였다.

"분명 인류 의회의 자객이야! 크윽, 내가 너무 방심했어! 차라리 본 모습으로 돌아가지 말걸!! 추락사를 했다면 더 편하게 죽을 수 있었을 텐데!!"

오하라는 횡설수설에 가까운 소릴 토해냈다.

"무슨 소리야, 로렌? 오하라?"

스칼렛이 뒤늦게 반응해 로렌에게 물었다.

"넌 신경 쓰지 말고 계속 날아. 당분간 로렌류 용기술은 중지하겠어. 오하라, 공력의 운용을 중지해. 손님은 내가 맞아들이도록 하지."

"그, 그래. 네가 있었지. 애초에 이것 때문에 따라온 거였어."

오하라는 바들바들 떨면서 공력의 운용을 멈췄다. 로렌은 스칼렛의 등 위에서 휙 뛰어내렸다. 별의 몸은 제대로 움직여, 자연스럽게 도약과 완강을 반복해 그의 몸을 하늘 위에 띄워 놓았다.

손님은 곧 찾아왔다. 의외로 상대는 인간이었다. 그것도 검은 머리카락의 소년. 그 소년이 뭔가 복잡한 문양이 새겨진 칼을 빼어 들고 로렌을 향해 쇄도해 왔다.

"인류의 원수, 드래곤!! 내 칼을 받아라!!"

아니, 정확히는 로렌 뒤의 스칼렛을 노리고 있었다.

'진짜로 인류 의회의 자객인 건가?'

그렇다고 소년을 그냥 보내줄 수는 없었기에, 로렌도 각인 검을 빼어 들어 소년의 앞을 막아섰다.

"어딜 그렇게 바삐 가시나?"

소년은 로렌이 자신의 앞을 막아서자 놀라며 외쳤다.

"뭐냐, 넌! 드래곤의 하수인인가? 인류의 배신자! 부끄러움을 알아라!!"

"그런 말을 들으니 좀 부끄럽긴 하군."

로렌은 이죽거렸다. 그런 로렌의 태도에 소년은 이를 득득 갈더니, 로렌을 칼등으로 치려고 했다.

그런 소년의 일격을 로렌은 손쉽게 받아내었다.

'음, 뭐지?'

소년의 힘은 기묘했다. 그에게서는 마력도 공력도 느껴지지 않았다. 칼에 새겨진 복잡한 문양은 각인이 아니었다. 그렇다고 정신 능력을 사용하고 있는 것도 아니었다.

그런데도 그의 일격은 위협적이었다. 받아내는 것은 손쉬웠으나, 로렌은 긁힌 상처 하나라도 입으면 안 되겠다는 것을 직감적으로 잡아냈다.

'흥미롭군.'

그러나 흥미의 영역을 넘어서지는 않았다.

소년은 분명 특별한 힘을 사용하고 있었으나, 그 힘은 공력보다 강하지는 않았고 마력 같은 패도적인 파괴력을 발휘하지도 못했다.

사실 로렌은 다음 한 합으로 소년을 제압할 자신이 있었다.

'그래도 좀 더 놀아봐 줄까.'

로렌은 적당히 힘 조절을 하면서 소년의 공격을 받아내었다. 소년이 실력을 발휘하도록 해 그 힘의 면모를 관찰하려는 의도였다. 물론 자신이 상처를 입지 않을 정도로만 말이다.

그에 반해 소년은 경악하며 외쳤다.

"넌 대체 뭐야? 내 검을 받아내다니……."

그런 소년의 말에 로렌은 헛웃음을 참아내야 했다.

뭐라고 해야 할까, 소년의 검술은 지나치게 고풍스러웠다.

시선부터 시작해서 근육의 움직임에 이르기까지 너무나도 정직했다.

마치 사람을 한 번도 베어보지 않은 것 같은 검술이었다.

'천 년 전에도 이런 검술을 안 썼겠다.'

그러나 로렌은 비웃음을 삼키고 아무렇지도 않은 듯 말했다.

"내 이름은 로렌이다. 넌 누구지?"

괜찮은 기회라 여긴 로렌은 자기소개를 하며 소년의 이름을 물었다.

그러자 소년은 격분하며 외쳤다.

"악인에게 밝힐 이름 따위는 없다!"

"무례하군."

살짝 화가 난 로렌은 칼을 휘둘러 소년의 손목을 잘라 버렸다. 로렌의 가벼운 페이크에 속아 넘어간 소년은 너무 쉽게 손목을 잘렸다.

"으아아악!"

"시끄러워."

로렌은 날아가 버린 소년의 손목을 염동력으로 붙잡아 잘린 자리를 붙인 후 회복 주문을 사용해 치유해 주었다.

"으, 어?"

소년은 어리둥절해하며 멀쩡해진 자신의 손목을 내려다보았다.

"이제 좀 대화를 할 생각이 드나?"

"…네놈……! 감히 날 농락해?!"

로렌의 예상과 달리 소년은 격노했다. 그러자 소년이 쥔 검의 문양에서 검은 기운이 피어오르기 시작했다.

"……!"

그제야 로렌은 소년의 검에 새겨진 문양을 어디서 봤는지 기억해 냈다. 구 바이도아 왕국 지역에서 발견된 구멍 주변에 새겨져 있던 기이한 문자와 느낌이 비슷했다.

'위험해!'

로렌이 전력을 다하지 않았듯, 소년 또한 전력을 다하지 않았다는 것을 로렌은 그제야 깨달았다. 위협을 느낀 로렌은 재빨리 별의 몸을 움직여 화염 폭발을 사용했다.

쾅!

'[블링크]!'

소년을 뒤로 날려 보내는 동시에, 자신에게는 블링크를 써 뒤로 물러나 소년과의 거리를 더 벌렸다. 그리고 마법 서킷에는 삼중 융합 주문 폭발을 장전했다.

'이제 한번 제대로 해보자!'

로렌은 폭연 너머를 노려보았다.

결과부터 말하자면 그럴 필요는 없었다.

"으아아악!"

화염 폭발에 맞은 소년이 빈사 상태가 되어 땅으로 떨어지고 있었으니까.

"…뭐야, 저건?"

로렌은 어처구니가 없어 추락하는 소년을 바라보다가, 결국 소년을 주우러 갔다.

*　　　　*　　　　*

"…방심했을 뿐이야."

소년은 투덜거렸다.

로렌은 기절한 소년을 붙잡아서 지면에 착지한 후, 화염 폭발에 의해 엉망이 되어버린 몸을 회복 주문으로 치유시켜 주었다. 정신을 차린 소년은 더 이상 로렌은 물론이고, 로렌 주변에 착지해 엘프나 인간 모습으로 변한 드래곤들에게도 달려들지 않았다.

조금 전까지 소년의 태도에 비해 투덜거리는 것 정도야 귀여운 수준이었다.

"내 전문은 드래곤이야. 인간을 상대하는 건 내 전문 외니까."

"거참, 말 많네."

로렌은 소년에게 핀잔을 주었다.

말로는 그렇게 말하면서 로렌은 소년의 검술에 대해 생각했다.

소년의 검은 인간을 상대하기에는 지나치게 우직하고 정직했다. 그러나 그 결과, 소년의 검술은 대단한 파괴력을 냈다. 비록 공력은 실려 있지 않아 로렌은 쉽게 받아냈지만, 소년의 체구에서 그 정도 힘이 나올 것이라고 예측할 수 있는 인간은 그리 많지 않으리라.

'전문은 드래곤이라, 이거지.'

드래곤을 상대로 시선 처리나 손목을 이용한 기교를 부릴 일은 없을 것이다.

소년의 검술이 지나치게 고풍스러운 것도 같은 이유이리라. 드래곤은 다 죽고 몇 마리만 남아 있으니까. 이런 시대에 이런 상황에서 '전문은 드래곤'이라 말할 인간은 없다.

로렌은 소년의 정체에 대한 어떤 예감이 들었지만, 일단은 그저 예감으로만 남겨놓았다.

"어쨌든 이제 어때? 생명의 은인과 대화를 나눌 생각은 좀 들었어?"

답이야 대화로 얻으면 되니까!

"…날 죽일 뻔했던 건 너잖아."

소년은 진실을 말했다. 그렇다고 로렌의 태도가 바뀔 일은 없었다.

"그래서 뭐?"

로렌이 더 강했으니까!

"……"

소년은 부들부들 떨다가 곧 고개를 푹 숙였다.

"내가 푹 쉬고 힘을 되찾으면 이런 굴욕은 당하지 않았을 텐데……"

"그럼 푹 쉬어. 푹 쉬고 힘을 되찾도록 해."

로렌은 여유 있게 웃으며 말했다.

"쉬는 동안 잠깐 이야기 좀 하자고."

로렌의 여유 넘치는 태도에 뭔가 느낀 바가 있는지, 소년은 떨리는 목소리로 물었다.

"넌 대체… 뭐야? 넌 정말로 인간인가?"

"난 이미 자기소개를 했을 텐데?"

기사이자 대마법사, 다르키아 왕국의 호국경, 다국적 기업 연합 로하트 그룹의 총수이자 초국가적 정보 집단 히드라의 피의 수장. 그런 소릴 늘어놓지는 않았다.

"난 로렌이라고 해."

이름 하나면 충분했다.

"넌?"

"…내 이름은……."

소년은 주저하다가, 눈을 질끈 감았다. 그리고 마침내 결심한 듯 입을 열었다.

"내 이름은 다르키아 슬레인. 다르키아의 용사(Darcian Brave)이자 최초의 용살자(First Dragon Slayer)다."

"다르키아 슬레인?!"

그 고풍스럽고 거창한 자기소개에 가장 거센 반응을 보인 것은 오하라였다. 그녀의 몸이 사시나무 떨리듯 바들바들 떨리고 있었다.

"참살(慘殺)의 슬레인, 무자비한 도살자 슬레인, 가장 강력하고 가장 포악하며 가장 위협적인, 잔인무도한 악적(惡賊) 슬레인!"

"헤헤, 오랜만에 들으니 반갑기까지 하네."

완전히 무해하게 보이는, 차라리 귀엽기까지 한 소년은 오하라가 늘어놓은 무시무시한 칭호들을 듣고 쑥스러운 듯 웃었다.

"나도 기억났어."

로렌은 길게 한숨을 내쉬었다.

"분명 다르키아 왕국의 국조(國祖)였지. 본인이 왕 자리에 앉아본 적은 없지만. 그 후손이 다르키아 슬레인의 이름값만으로 그 어떤 누구의 반발도 받지 않고 만장일치로 국왕 위에 올랐다고 전해져 내려오지."

비록 그 영토가 변경이라고는 하나, 한 사람의 이름을 내밀고 그 후손임을 증명한 것만으로 인류 전체의 동의를 얻어 왕국을 성립시킬 수 있었다는 것 자체가 다르키아 슬레인의 당시 이름값을 능히 짐작케 한다.

다르키아 슬레인은 그 정도로 전설적인 영웅의 이름이다.

무려 수천 년 전의 인물이라 현대인에게는 선뜻 와 닿지 않는 이름이기도 하지만 말이다. 고고학을 배운 로렌이 아니라면 알아듣지도 못했을 이름이다. 로렌조차도 몇 번 생각한 뒤에나 떠올릴 수 있었던 이름이기도 하고.

'역시……'

소년의 검술이 고풍스러운 건 너무나도 당연했다. 인간을 상대로 하는 검술이 아닌 것도 답이 되었고.

'그렇다고 그 말을 믿어줄 이유는 없지.'

누구라도 말로만으로는 자신이 슬레인이라 주장할 수는 있다.

"너무 거물의 이름인데."

"믿지 않아도 상관없어. 그보다……."

다르키아 슬레인이라 자칭한 소년은 눈을 굴렸다.

"다르키아 왕국의 국조라니? 그럼 칭호는 받아본 적이 없는데."

"그야 그렇겠지. 다르키아 왕국은 인류 연대에 들어와서도 한참 지나서 생긴 나라니까. 네가 만약 다르키아 슬레인 본인이 맞다면 알고 있을 리가 없지."

"인류 연대?"

다르키아 슬레인의 혼란은 더해지기만 하지, 덜어질 일이 없었다.

"이젠 내가 질문할 차례야, 슬레인."

그러나 로렌은 가차 없이 선고했다.

"그런 룰인가. 알았어. 질문하도록 해."

룰이라. 로렌은 다르키아 슬레인이 만만찮은 상대임을 느꼈다. 한순간에 일문일답이라는 룰을 만들었다. 취조가 아니라 대화로. 만약 이 룰을 어긴다면 소년은 지금처럼 쉽게 대답을 해주진 않으리라.

'하지만 바라던 바지.'

이 소년이 정말 수천 년 전의 인물이라면, 궁금한 것은 정말 많을 터였다. 기본적으로 로렌이 손해 볼 일은 없는 룰이었다.

"넌 그 구멍에서 나왔나?"

로렌의 질문에 슬레인은 씁쓸하게 대답했다.

"…그 구멍이라. 그렇게 말할 수도 있겠군. 그 질문에 대한 대답은 '그렇다'라고 하겠어."

"그 구멍은 대체 뭐지?"

로렌의 이어진 물음에 슬레인은 친근한 미소를 띠며 말했다.

"네 룰에 따르면 이제 내가 질문할 차례가 아닌가?"

로렌은 이번에야말로 소년이 만만치 않은 상대란 걸 확신하며 고개를 끄덕여 주었다.

"…맞아."

소년은 심호흡을 한 후, 신중하게 단어를 골라 질문을 했다.

"내가 '간' 후, 시간이 얼마나 흐른 거지?"

'그걸 내가 어떻게 알아'라고 대답하는 건 간단했지만, 로렌은 그러지 않았다.

"질문의 의도가 명확하지 않군. 기록에 의존하자면, 역사 속의 다르키아 슬레인은 용의 연대가 끝나갈 무렵 실종되었다고 되어 있어. 그리고 당시의 기록은 별로 체계적이지 않아서 말이야, 정확히 몇 년 전인지 알아내는 건 불가능해."

로렌은 한숨을 한 번 푹 내쉬었다. 이 소년이 정말 다르키아 슬레인이라면, 이 대답으로 받을 충격이 결코 적지 않으리란 것을 잘 알고 있었기 때문이다.

"그러니 난 네 질문에 이렇게 대답해야 할 것 같군."

반대로 말하자면, 이 답에 대한 그의 반응이 그가 진짜 다르키아 슬레인인지 아닌지에 대한 리트머스 시험지가 될 터였다.

로렌은 단 한순간만 대답을 지체했다가, 의미심장하게 고했다.

"수천 년 전."

로렌의 대답을 들은 슬레인의 표정이, 호흡이, 동작이 완전히 굳었다.

잘 채색된 석상이라 해도 믿을 정도로.

로렌은 인내심 있게 그가 다시 입을 열기까지 기다려 주었다. 그 정도 시간은 있었다.

"…반, 칙이란 건 알지만. 하나만 더 묻지."

한참을 굳어 있다가, 간신히 숨을 토해내며 슬레인은 말했다.

"인류는 구원받았나?"

그 질문에 대한 대답은 지체할 필요가 없었다. 이 소년이 진짜 다르키아 슬레인이라면, 이 질문에 대한 대답을 공짜로 받을 자격 정도는 있었다. 그렇기에 로렌은 즉시 대답했다.

"그래."

처음에는 굵은 눈물방울이 몇 개 새어 나왔을 따름이었다. 석상에 맺힌 이슬방울과도 같다고, 로렌은 느꼈다. 하지만 그것도 길지 않았다.

"끄으으으윽."

슬레인의 목구멍에서 한 번 긴 기이한 소리가 흘러나왔다.

그것은 그대로 대성통곡으로 이어졌다.

사람이 이렇게도 울 수 있는가. 로렌도 로렌 하트와 김진우의 것까지 포함해 꽤 오래 살아왔지만, 이렇게 우는 사람은 처음 보았다.

그리고 그제야 로렌은 눈앞의 소년이 다르키아 슬레인 본인임을 믿을 수 있게 되었다.

인류를 구해내고야 만 용사.

수천 년이라는 시간의 흐름 속에 방치된 채 홀로 남겨졌던

용사가, 뒤늦게나마 자신이 끝내 성공했음을 깨닫고 흘리는
눈물이었으므로.

                    *   *   *

"그렇군. 이제야 알겠어."

다르키아 슬레인은 울다울다 못해 한 번 기절한 후에나 간
신히 사람의 말을 되찾았다.

"어째 이상하다고는 생각했어. 사람이 드래곤을 타고 다니
다니. 그런 시대가 된 거로군."

다르키아 슬레인은 이상한 오해를 한 모양이었다.

"뭐, 사실 지금 이 시대에 드래곤을 타고 다니는 건 나 정도
라고 생각하지만."

로렌은 슬레인이 잘못된 인식을 가지기 전에 정정해 주었
다.

"지금 시대에 드래곤은 환상 속에나 나오는 동물 취급 받고
있어. 적어도 일반인들 사이에서는 말이야. 그러니……."

"그 용들을 도살한 나도 환상이나 전설에나 나오는 존재가
되었겠군."

슬레인은 머리가 좋았다. 로렌은 자신보다 조금 어려 보이
는 이 소년이 마음에 들었다.

슬레인의 실제 나이는 수천 살이 넘었겠지만, 그런 건 그리 신경 쓸 필요가 없다. 적어도 로렌은 그렇게 생각했다.

"자, 그럼 반칙의 대가를 치러야지. 내 질문에 대답해 줘."

하지만 그건 그거, 이건 이거였다.

"아, 그 구멍 말이야? 별것 아니야."

로렌의 질문을 기억하고 있었던지, 슬레인은 정말 별것 아니라는 것처럼 말했다.

"내가 드래곤의 영계로 잠입하기 위해 뚫은 구멍이야."

별것 아니지 않았다. 처음 듣는 생경한 단어에 로렌은 되묻지 않을 수 없었다.

"드래곤의 영계?"

"응. 혹시 인류 의회라는 단체 알고 있어?"

인류 의회라는 단어를 들은 오하라의 몸이 움찔 굳었으나, 로렌은 무시하고 슬레인을 향해 고개를 끄덕였다.

"아직 남아 있는 모양이군. 그 인류 의회가 죽은 인간들의 영혼들이 뭉쳐져 형성된 건 모를지도 모르겠지만, 이것도 일단 지금 들은 걸로 쳐."

물론 로렌은 그 사실도 알고 있었기에, 잠자코 고개를 끄덕이는 것으로 대답을 대신했다.

"인류 의회는 드래곤들이 죽어서 자신들과 같은 존재가 되는 걸 두려워했어. 그래서 드래곤들이 지나치게 많이 죽기 전에 미리 대처를 하길 원했지."

로렌은 슬레인이 하려는 말을 알아들었다.

인류 의회는 인류의 죽음을 기반으로 탄생했다. 그 탄생은 우연에 가까운 일이라 두 번 일어나기 힘들 일일지 모르나, 어쨌든 한 번 일어난 일이 두 번 일어날 수도 있다는 건 세상의 진리다.

드래곤에게도 같은 일이 가능할지도 모른다는 건 쉽게 떠올릴 수 있는 발상이었다.

일단 죽은 드래곤이 인류 의회가 있는 죽은 자들의 세계에 합류하지 않은 건 확실했다. 만약 드래곤의 영혼이 인류의 영혼과 다른 곳으로 향한다면, 다수의 영혼이 모여 인류 의회와 마찬가지로 하나의 계를 이루고 그 영적 에너지를 바탕으로 이 세계에 개입하려 할지도 모른다.

그렇게 새로 생길 가칭 드래곤들의 인류 의회 비슷한 것은 현생 인류뿐만 아니라 인류 의회에게도 크나큰 위협이 될 게 분명했다.

"드래곤 의회가 생기기 전에……. 그렇군."

슬레인이 드래곤의 영계에 잠입한 건 혹시나 죽은 후에도 이성을 유지하고 있는 드래곤이 있으면 그 영혼을 파괴하기 위해서였다.

"산 채로 죽은 자들의 세계로 들어가다니, 무모하기 짝이

없군."

"누군가는 해야 할 일이었고, 그 누군가가 바로 나였던 것 뿐이야."

슬레인은 담담히 말했다. 이런 면모를 보면 역시 용기 있는 자, 용사답다는 생각이 들었다.

"나는 임무를 완수했지만, 돌아가는 길을 잃어버렸지. 아주 오래 헤맸지만, 너희가 그 구멍으로 들어왔다 나가는 걸 보고 길을 찾았어. 이제껏 고맙다는 말을 못 했군. 내가 돌아올 수 있었던 건 너희 덕분이야. 고마워."

고맙다고 말하면서도, 슬레인은 지친 듯 한숨을 내쉬었다.

"내가 다르키아 슬레인을 다시 이 세계로 불러들이다니… 이건 악몽이야."

슬레인의 감사 인사를 들으며 오하라는 바들바들 떨었다. 그런 오하라의 반응에 슬레인은 다소 굳은 표정으로 이렇게 말했다.

"나는 더 이상 드래곤을 죽일 생각이 없어. 그들은 충분히 벌을 받았으니까."

드래곤들은 죽은 후에 다시 한 번 죽어야 했다. 죽음으로 도 갚을 수 없는 죄가 있다지만, 적어도 슬레인은 그렇게 생각 하지 않는 듯했다.

용의 연대 말기, 드래곤 왕들의 치세가 가장 가혹했을 시기를 살아낸 인물의 말이다. 로렌은 그의 말에 반박할 수 없었고, 반박할 생각도 없었다.

"…잔인무도한 악적이 할 소리는 아니로군."

하지만 오하라는 다소 생각이 다른 듯했다. 그녀는 아직도 슬레인을 두려워하고 있었다.

"전쟁은 끝났다며? 그렇다면 이 이상 죽음이 필요하지는 않아."

그런 말을 하는 슬레인의 얼굴에는 우수가 깃들어 보였다. 아무리 용사이자 용살자라지만, 살육에 미쳐 버린 악귀는 아닌 것 같았다.

"그렇게 마침내 인류를 구해낸 용사에게 알리기는 조금 거북한 내용이지만……."

로렌은 스스로도 자신이 잔혹하다고 생각했지만, 그래도 그의 목적을 위해서는 어쩔 수 없었다. 그는 슬레인에게 3년 후의 심상을 텔레파시로 전달해 주었다.

"미안. 전쟁은 끝나지 않았어."

그렇게 말하는 로렌의 표정은 딱딱하게 굳어 있었다.

"…그런 것, 같군."

대답하는 슬레인의 표정은 그에 반해 기묘한 구석이 있었다.

'안도?'

로렌은 굳이 슬레인의 내심을 파헤치려 들지 않았다.

"힘을 빌려주겠어?"

"이런 나라도, 필요하다면."

슬레인은 흔쾌히 대답했다. 자신을 위해 마련되지 않은 사후 세계로까지 들어가 수천 년을 싸워온 용사다운 말이었다.

스스로를 희생하는 것이 당연한 사람.

로렌은 자신이 슬레인처럼은 될 수 없다고 진심으로 생각했다.

그건 그렇다 치고, 신경 쓰이는 점이 있었다.

"그런데 용사가 왜 그렇게 약해?"

로렌은 너무 쉽게 슬레인을 제압했다. 그냥 거리 좀 벌리려고 급히 날린 화염 폭발 한 발에 슬레인은 거의 죽을 뻔했다.

아무리 수천 년 전에 활동하던 용사라지만 이건 너무 심했다. 드래곤을 너무 많이 잡아 죽이는 바람에 드래곤들 사이에서는 악적이라는 칭호까지 받은 모양이던데, 도저히 그렇게는 생각되지 않는 내구력이다.

"그야 지금의 내 능력이나 장비가 모조리 드래곤의 영계에서의 생존과 영체의 파괴를 최우선적으로 고려해서 구성되어 있으니까."

로렌은 다소 놀리듯 말했는데, 그 질문에 슬레인은 진지하게도 대답했다.

"내 존재를 지나치게 옅게 만들어 버리는 바람에 마법에 대한 저항력이 낮아져 있었어. 네 검에 쉽게 잘려 나간 것도 같은 이유고. 하지만 그러지 않았더라면 내 몸은 식량과 식수를 필요로 했을 거고, 그만큼 오래 드래곤의 영계에서 버틸 수 없었겠지."

슬레인의 말은 분명 변명이었지만, 로렌에겐 흥미로운 이야기이기도 했다.

"존재를 옅게 만들어서 약해졌는데, 죽은 드래곤들의 영혼은 어떻게 잡은 거지? 내가 알기로는 드래곤들도 마법을 사용하고 공력을 활용할 줄 아는 걸로 아는데."

"그것들은 산 자들의 힘이니까."

산 자들의 힘. 로렌은 의미가 있어 보이는 그 표현을 입안에서 곱씹었다.

"드래곤도 물론이고 나도 드래곤의 영계에서는 마력도 공력도 사용할 수 없어."

"…그러고 보니."

로렌은 자신이 드래곤의 영계에 방문했을 때의 일을 기억해 냈다. 슬레인이 파놓은 구멍 안에 들어갔다가 마법도 못 쓰고 죽을 뻔했다. 그래서 무리하게 명률법을 사용해 자신의 모습을 드래곤으로 바꾼다는 극단적인 방법까지 사용한 것이고 말이다.

"산 자들의 힘은 죽은 자들의 세계에선 사용할 수 없어. 당연한 법칙이지."

그때의 이야기를 했더니, 슬레인은 슬쩍 웃으며 이렇게 말했다.

"마력과 공력은 산 자들의 힘인가⋯⋯. 그렇군. 그럼 넌 무슨 수로 하늘을 날아다니고, 어떤 무기로 드래곤들의 영체를 살해한 거지? 마법도 못 쓰고 공력도 못 쓰는데."

"그야 죽은 자들의 힘이지."

"죽은 자들의 힘?"

"영력과 주술력."

로렌에겐 생소한 용어들이었으나, 김진우로서 얻었던 지식 속에 비슷한 게 있었다. 김진우가 아직 로렌 하트로서 보냈던 전생의 기억을 각성하기 전, 그는 오컬트에 푹 빠졌었으니까.

영력은 아마도 영능력을 사용할 때 필요한 자원일 거고, 주술력은 그 단어의 뜻 그대로 매우 스트레이트하게 주술을 사용하는 데 필요한 힘일 것이다. 그리고 영능력과 주술은 정신 능력과 더불어 오컬트에서 있어서 빠질 수 없는 3대 요소들 중 두 개다.

정신 능력은 이미 익혔고, 영능력과 주술까지 익힌다면 김진우가 배우길 희망했던 능력과 기술들을 모조리 배우는 셈이다.

문제는 로렌 하트가 그 두 능력에 대해 완전히 무지했다는 점이었다.

　"영혼의 힘과 주술의 힘인가."

　"조금 다르지만 그렇게 받아들여도 무방할 거야."

　"처음 듣는걸."

　로렌 하트도 수백 년을 산 로어 엘프다. 지식과 경험에 있어선 누구 못지않을 터였다. 그런 대마법사 로렌 하트조차 본 적도 없는 완전히 새로운 능력이라니. 쉽게 믿을 수 없는 게 당연했다.

　인류의 용사쯤이나 되는 슬레인이 이런 걸로 거짓말을 했을까 싶기도 했지만, 마법사는 지식을 다루고 지식을 다루는 데 있어서 가장 중요한 것은 무엇에든 의문을 갖는 것이다. 그래야 새로운 지식을 얻을 수 있게 되고 그 지식이 참인지 거짓인지에 대해서도 알게 되니까.

　그런 의미에서 로렌의 의문은 마법사로서 매우 합당했다.

　"보여줄 수 있어?"

　로렌의 말을 듣곤 슬레인은 조금 고민하다가 칼을 빼어 들었다.

　"예를 들어서… 흐음, 이런 건 어때?"

　슬레인이 빼어 든 칼의 주변에 불길한 검은 연기가 일더니, 그 연기 속에서 총 한 정이 쑥 빠져나왔다. 슬레인은 그 총을 익숙하게 잡아채며 말했다.

"저주총 예거콜. 반드시 명중하고 반드시 죽이는 저주가 깃들어 있지."

"히익!"

슬레인의 저주총을 본 오하라가 두려움에 몸을 떨었다. 용의 연대를 살아온 드래곤들에겐 유명한 총이었던 모양이다.

"저주?"

오하라와 달리 로렌은 호기심에 물든 눈초리로 슬레인의 저주총을 들여다보며 질문했다.

주술은 몰라도 저주는 실존한다. 로렌도 그 저주에 걸려본 적이 있으므로 잘 안다. 하지만 저주는 인류의 능력이 아니다. 마물의 부류나 괴물들이 사용하는 능력이다. 그런 능력을 인간인 슬레인이 사용하다니. 거부감이 들 법도 했지만 로렌이 먼저 느낀 건 호기심 쪽이었다.

슬레인은 로렌의 시선이 부담스러웠던지 슬며시 저주총을 검은 연기 속에 수납하며 대답했다.

"보다시피 강선도 파여 있지 않은 구형 총이라 평범하게 쏘면 화살보다도 못하거든. 표적에게 저주를 걸고 쏴서 억지로 맞추는 거지. 그리고 총탄이 명중하면 비로소 저주가 완성되는 거고."

슬레인도 구형 총이라고 하는 걸 보니, 그의 시대에 이미 라이플이 등장했던 모양이었다. 그러고 보니 그랑 드워프의 유적에서 출토된 개인화기 중에는 라이플도 많았다. 별로 중요도가 높지 않아 기억의 한편에 치워둔 상태여서 떠올리는 것이 늦었다.

그도 그럴 만했다. 화약이 소진되어 버린 지금 시대에는 라이플 따위 그냥 힘들게 만든 쇠파이프에 불과하다.

하지만 예거콜은 달랐다. 비록 사용자가 한정되었다고 한들, 필살의 위력을 지닌 총이니 말이다. 그런 의미에선 구형총인 예거콜 쪽이 훨씬 나았다.

그제야 로렌은 슬레인이 좀 다르게 보였다.

'병과가 달랐군.'

설령 슬레인이 자신의 전력에 대해 허세를 좀 떨었더라도, 그의 병과가 저격병이라면 내구력이 좀 낮은 건 별문제가 되지 않았다. 물론 예거콜에 대해서도 과장을 했을 가능성도 없진 않겠지만, 오하라의 반응으로 미루어볼 때 그 가능성은 낮아 보였다.

"…그걸 맞은 드래곤은 정말이지 끔찍하게 죽어."

아니나 다를까, 오하라가 떨리는 목소리로 부연했다.

"마치 네가 보여준 심상에서의, 저주받은 자들과 같이."

"……!"

로렌은 눈빛을 바꿨다.

3년 후, 멸망의 때에 찾아올 괴물들이 골치 아픈 건 단순히 강해서가 아니다. 그냥 강하기만 했더라면 로렌이 살아남지도 못했을 것이다. 정말로 골치 아픈 건 그것들이 함께 가져오는 독과 질병, 그리고 저주다. 그리고 그중에서 가장 손꼽히게 처치 곤란한 것이 바로 저주였다.

로렌이 주목한 건 슬레인이 저주를 걸 수 있다는 점이 아니었다.

"…혹시 해주(解呪)도 가능한가?"

로렌이 마법으로 파괴하고 상처 입힌 것을 다시 회복시키고 치유시킬 수 있는 것처럼, 주술로 저주를 걸 수 있다면 그 저주를 푸는 것도 가능하지 않을까? 그런 생각에 한 질문이었다.

그리고 그 질문에 대한 슬레인의 대답은 이것이었다.

"저주를 거는 것에 비하면 몇 배는 어렵지만, 불가능하지는 않지."

로렌에게 있어선 불가능하지 않다는 점이 중요했다.

"배우고 싶은데."

뻔뻔한 짓인 건 알지만, 로렌은 자신의 욕망을 숨기지 않았다.

괴물들의 저주는 매우 골치가 아프고 대처가 불가능한 공격이었다. 만약 해주가 가능하다면 적 괴물들의 상투적인 수

단 중 하나에 대해 저항력을 갖게 된다.

그러니 어떤 대가를 치르고서라도 배워야 했다. 다행히 로렌은 돈이 많고, 지금의 세계에서 어느 정도 기반도 갖춰놓고 있었다. 대가는 충분히 치를 수 있으리라.

'만약 가르쳐 주지 않겠다고 하면……'

수단 방법을 가리지 않고 억지로라도 가르치게 만들 생각이었다. 위협이든, 협박이든, 고문이든, 뭐라도 할 생각이었다. 그렇게 로렌이 단단히 마음을 먹고 속으로 각오를 했지만, 슬레인에게서 돌아온 대답은 허무하리만치 간단했다.

"좋아."

슬레인은 곧장 고개를 끄덕였다. 로렌은 이어질 말을 기다렸지만 그의 입에선 아무 말도 나오지 않았다. 오히려 로렌의 반응이 의아한 듯 고개를 한 번 갸우뚱해 보일 뿐이었다.

'설마……'

로렌은 혹시나 해서 물었다.

"그냥 가르쳐 주겠다는 거야?"

이런 말을 하면 대가를 받을 수 있다는 것을 떠올리게 되겠지만, 로렌의 입장에선 그게 나았다. 공짜보다 무서운 게 어디 있겠는가?

'그냥 깜박했을 뿐이겠지. 곧 대가를 제시할 거야.'

로렌은 생각했지만, 그 생각은 틀렸다.

"응."

못 믿겠어서 되물어보니, 또 흔쾌히 고개를 끄덕였다.

"…정말로?"

"그래."

로렌은 믿어지지가 않았다.

'아니, 자기 밑천을 털어서 주는 건데! 대가도 없이 가르쳐 주겠다고?'

마법사로서는 도저히 이해할 수 없는 슬레인의 사고방식에 로렌은 혼자 괴로워했다.

"그런데 로렌."

"음? 왜?"

그럼 그렇지. 역시 다른 조건을 걸려고 하는 걸까? 로렌은 그렇게 속물적인 생각을 했다. 하지만 이어진 슬레인의 말은 로렌의 예상을 뒤엎었다.

"네가 이 시대의 용사인가?"

"…어……."

생각지도 못한 질문에 로렌은 잠시 멍해졌다, 서둘러 고개를 저었다.

"아니, 난 너 같은 인간은 못 돼."

"나 같다니?"

"음… 나는 움직이기 위해 대가를 필요로 하는 인간이야,

너랑 달리. 알겠어?"

"그건 나도 같아."

로렌의 말에 슬레인은 한 번 픽 웃곤 이렇게 이어 말했다.

"내게 있어선 인류의 구원이 무엇보다 큰 대가였으니까."

"…끄으음."

로렌은 자기도 모르게 신음을 토해내었다.

'이게 용사인가. 눈이 부신다!'

로렌은 스스로가 부끄러워졌다.

"아무 대가도 없이 네 밑천을 털어먹을 순 없어, 슬레인. 뭐라도 말해봐. 그래야 내 마음이 편해지겠어."

"흠, 그렇다면……."

슬레인은 잠깐 생각하다 말했다.

"맛있는 거라도 먹여줘. 아까도 말했지만 드래곤의 영계에서 살아남기 위해 내 존재감의 밀도를 너무 많이 낮췄어. 뭐라도 먹어야 몸을 제대로 만들 수 있겠어."

밥 한 끼? 로렌은 현기증이 들었다. 뭔가 더 제시하려던 순간, 스칼렛이 말했다.

"그래, 맞아! 이제 그만 밥 먹으러 가자!"

더 이상 허기를 못 참겠다는 그녀의 심정이 묻어나는 절박한 목소리였다.

"목적지에 도착했어!"

지금까지 로렌 일행은 스칼렛의 등 위에서 대화를 나누고 있었다. 슬레인이 기절했다 깨어난 것도 스칼렛의 등 위였고 말이다. 그동안 스칼렛은 대화에 끼어들지 않고 오로지 밥을 먹겠다는 일념으로 목적지를 향해 비행하고 있었으니, 그녀는 칭찬받아 마땅했다.

　"저게 인간의 도시인가! 놀랍군!!"

　하늘 위에서 도시를 내려다보며, 슬레인은 감탄해 외쳤다.

　"그래, 저기가 바로 토르코니아 제국의 제도(帝都), 니케아다."

　"제국?"

　제국이라는 단어가 생경한 건지 슬레인이 되물어왔다. 하긴 수천 년 전에는 제국이라는 개념이 존재하지 않았을 수도 있겠다는 생각에 로렌은 친절히 설명해 주었다.

　"다수의 왕국을 정복해 손에 넣고, 그 왕들보다도 높은 왕 중왕의 위… 즉 황제 위에 오른 최고 권력자가 다스리는 나라야."

　로렌의 건조한 설명에 슬레인은 다소 충격을 받은 것 같은 표정으로 이렇게 되물었다.

　"왕국을 정복해? …인간끼리 전쟁이라도 한 거야?"

　"음……."

　그런 슬레인의 반응에 로렌은 대답하기 좀 껄끄러워졌다.

　"실망했나?"

그 되물음은 슬레인의 질문에 대한 대답을 겸하고 있었다.

맞다. 인간끼리 전쟁했다.

그래서 인류에게 실망했나?

로렌은 슬레인의 표정을 들여다보았다.

"…아니."

그 표정은 매우 침중해 보였지만, 슬레인은 고개를 저어 대답했다.

"드래곤 왕들도 서로 싸우며 패권을 겨뤘었지. 인간이 세계의 주인이 된다면 인간 또한 그럴 날이 언젠간 올지도 모른다고 생각했었어."

로렌은 그런 슬레인에게 무슨 말을 해야 할지 망설였으나, 곧 답을 찾아내었다.

"뭐, 맛있는 밥이나 먹으러 가자고."

그 답이란 물론 어두운 이야기는 그냥 넘어가고 지금은 다른 이야기나 하는 것이었다.

64장
토르코니아 제국

토르코니아 제국의 제도 니케아는 본래 왕국이었던 토르코니아를 제국으로 발돋움해 올렸던 초대 황제, 토르코니아 1세가 새롭게 세운 도시였다.

근대에 들어와 새로 세워진 도시답게 길과 건물들이 반듯하게 열을 갖춰 배열되어 있었으며, 도시의 내곽과 외곽을 가르는 거대한 성벽이 인상적인 존재감을 자랑하고 있었다.

아무것도 없던 곳에 도시를 새로 세워 버리는 놀라운 추진력과 인구 동원 능력이 토르코니아 제국의 저력을 알 수 있게 했다.

로렌 일행은 명률법을 사용해 존재감을 지운 채로 니케아의 거대한 성벽을 손쉽게 넘어 어둑어둑한 골목길에서 모습을 드러내었다.

"이렇게 도둑놈처럼 움직여야 했나?"

슬레인이 약간 불만인 듯 말했다.

"니케아의 검문은 엄하기로 유명해. 이렇게 딱 봐도 수상한 미성년자 집단을 데리고 제대로 검문을 통과할 자신은 없어."

이 일행 중 성인으로 보이는 건 오하라 딱 하나였고, 오하라의 복장은 대단히 음란했다. 옷 사주기가 귀찮아 그녀의 모습을 명률법으로 숨기기까지 했으니, 로렌 일행은 겉보기에는 말 그대로 엄청나게 수상한 미성년자 집단이었다.

'그리고 도둑놈 맞으니까.'

로렌은 토르코니아 제국에 뭘 좀 훔치러 온 몸이었다. 그런 그가 자신의 신변을 토르코니아 측 기록에 남겨서 좋을 일이 없었다.

"뭐, 그런 건 됐고. 숙소 잡고 식사나 하러 가자. 토르코니아의 음식은 맛있기로 유명해."

"식사!"

스칼렛이 신나서 소리를 빽 질렀다. 어지간히 배가 고팠던 모양이었다. 아니, 사실 그녀는 배가 고프지 않아도 위장 속의 음식을 억지로 소화시켜서라도 맛있는 걸 먹을 터였다. 그런 그녀를 며칠이나 굶겼으니, 로렌도 할 말이 없었다.

"…그래, 그럼."

식사 이야기가 나오니 약해진 건 슬레인도 마찬가지였다. 그의 경우엔 수천 년을 굶으며 드래곤의 영계에 머물러 있었으니, 당연히 이해가 됐다.

*   *   *

"맛있어!"

"맛있어!!"

한때는 원수였던 두 종족이 연신 같은 소릴 외치며 음식을 입안에 밀어 넣고 있었다. 그 두 종족의 대표는 물론 스칼렛과 슬레인이었다.

"세상에 이런 맛이 존재하다니! 오래 살고 볼 일이야!!"

파티마에서 온갖 산해진미를 맛보았다던 오하라도 감탄을 감추지 못하고 있었다.

"해산물은 신선도가 생명이니 말이야."

로렌은 만족스럽게 고개를 끄덕였다.

반응이 가장 무서웠던 건 멜라니였다.

우걱우걱우걱우걱.

멜라니는 정말로 아무 말도 하지 않고, 모든 신경을 오로지 먹는 데만 집중하고 있었다. 새우튀김, 게튀김, 오징어튀김 등 온갖 종류의 해산물 튀김이 그녀의 입안에 밀려들어 가고 있었다.

'이럴 줄 알았으면 진작 데려올 걸 그랬군.'

멜라니가 먹는 모습을 지켜보는 로렌이 그렇게 생각할 정도였다.

하긴 로렌도 로렌으로서 니케아에 오는 것은 처음이었다. 로렌 하트로서도 딱 한 번 찾아온 게 고작이었다. 일단 거리가 너무 머니 어쩔 수가 없었다.

질 좋은 해산물과 질 좋은 기름, 그리고 동부 열국(列國)들을 제압해 그들의 문화를 한데 집약시켜 발전한 제국의 요리 문화. 이 삼박자가 맞아 떨어진 니케아의 요리는 다른 왕국이 흉내 내기 어려운 수준까지 끌어올려져 있었다.

오로지 요리만 맛보러 방문해도 충분할 도시, 그곳이 바로 니케아였다.

'뭐, 진짜로 요리만 맛보러 온 건 아니지만.'

토르코니아 제국이 엘리시온 왕국을 무너뜨리는 데 일조한 것은 아니다. 제국은 군대를 파견하지도 않았고, 물자를 지원하지도 않았다. 지나치게 먼 거리 탓에 제국은 엘리시온 왕국을 소 닭 보듯 했다.

하지만 엘리시온 왕국을 무너뜨리는 데 참여한 몇 개 왕국을 토르코니아 제국이 집어삼켰다. 그리고 그 왕국의 왕가가 소유하고 있던 엘리시온의 경이 파편이 제국으로 흘러들어 왔다.

로렌이 노리는 건 바로 그 파편들이었다.

'제국 덕에 내 수고가 줄었지.'

원래대로라면 그 왕국들을 하나하나 방문해 가면서 경이 파편을 회수해야 했겠지만, 제국이 다 모아둔 덕택에 로렌이 한 번에 회수할 수 있게 되었다.

'이것까지만 회수하고 돌아가자.'

애초에 모든 파편을 모아서 엘리시온의 경이를 완성할 생각 따위는 없었다. 완성한다고 뭐가 크게 달라지는 것도 아니고 말이다. 물론 경이의 힘과 효율은 약간 좋아지겠지만, 로렌에게는 그런 데 낭비할 시간이 없었다.

'배울 것도 새로 생겼고.'

슬레인에게서 배울 영능력과 주술에 대한 기대가 컸다. 딱히 김진우 시절에 가지고 있었던 오컬트에 대한 선망 때문만은 아니었다.

더 강해질 가능성을 하나씩 더 찾을 때마다, 로렌은 희망을 하나씩 되찾아가는 기분이었다. 당초에 회귀 주문을 사용한 직후에는 절망 속에서도 할 수 있는 걸 하나하나 해나간다는 개념으로 움직였지만, 이제는 이야기가 달라졌다.

골드 드래곤인 데다 성체 드래곤이기도 한 오하라도 동료로 얻었고, 인류의 용사 다르키아 슬레인도 함께 싸워주기로 했으니 말이다. 여기에 새롭게 얻을 힘과 능력들. 희망에 차지 않을 도리가 없었다.

'물론 아직 이 정도로 만족할 수는 없지만.'

지금 전력으로도 승리를 확신할 수는 없지만 상황이 점점 더 나아진다는 것이 중요했다. 그런 만큼 로렌의 마음에도 여유가 많이 돌아왔다.

"로렌, 안 먹어? 안 먹으면 네 거 내가 먹는다?"

"그러지 말고 더 시켜."

스칼렛의 부름에 상념에서 깨어난 로렌은 손을 들어 점원을 불렀다. 튀김을 먹었으니 이제 구이와 찜을 먹을 차례였다. 다 맛있었던 걸로 기억하고, 맛있을 것이 틀림없었다.

* * *

토르코니아 제국에도 파티마 같은 시설이 존재했지만, 나일로 왕국과 달리 그 시설은 온전히 황제를 위한 것이었다. 로렌이 가서 뭔가를 건질 만한 곳은 아니었다.

로렌이 가야 할 곳은, 정확히는 털어야 할 곳은 토르코니아 1세의 영묘(靈廟)였다.

일개 소왕국이었던 토르코니아를 제국으로 발돋움시키고 스스로 황제 위에 오른 위대한 초대 황제 토르코니아 1세의 영묘에는 그가 정복함으로서 얻은 각 왕국의 귀보가 함께 안치되어 있었다. 그리고 그 귀보에는 분명 엘리시온의 경이 파편도 포함되어 있을 터였다.

'나침반이 가리키고 있으니까 확실하지.'

토르코니아 1세의 영묘에는 로렌도 처음 가본다.

애초에 영묘는 평소에는 금지(禁地) 취급이고, 몇 년에 한 번 열리는 대제사일에만 개방된다. 그것도 영묘에는 황족들끼리만 모여서 들어가고, 다른 이들은 니케아에서 열리는 행사에 참여하는 식으로 진행된다. 일반인은 영묘에 들어갈 기회가 아예 없다는 뜻이다.

'기대가 커.'

로렌이 도둑인 것도 아니고, 안에 있는 걸 전부 털어올 생각은 없었다. 그저 안에 있는 보물들을 확인하는 것만으로도 로렌의 고고학적 지식은 크게 증진될 것이고, 그것은 그의 마력 상승으로도 이어질 테니 나쁠 것이 없었다.

로렌은 3년 후의 세계에서 제국이 어떤 식으로 멸망했는지 모른다.

로렌이 서쪽에서 몰려오는 괴물들을 상대로 어떻게든 싸워내는 동안, 동쪽에서는 제국이 막아냈을 거라고 추측할 뿐이다. 결과적으로는 제국도 무너져 내렸지만, 상당히 느렸던 동쪽 괴물들의 진군 속도로 미루어볼 때 제국은 유의미한 활약을 했을 가능성이 높았다.

그러니 로렌은 제국의 다른 보물들에 시선을 둘 마음이 없었다. 그냥 금괴 하나만 집어 오더라도 어떤 나비효과로 인해 그것이 제국의 역량 약화로 이어질지 모르니 말이다. 그러다가 제국이 더 쉽게 무너지기라도 하면 로렌에게도 피해가 온다.

그래서 로렌은 그저 제국이 제대로 활용했으리라고 생각하기 어렵고, 또 로렌 본인에게도 필요한 엘리시온의 경이 파편만 좀 슬쩍할 생각이었다.

'뭐, 도둑질인 건 똑같지만.'

로렌은 자조적으로 생각했다.

"그런데 넌 왜 따라온 거야?"

로렌은 자신의 뒤를 돌아보며 말했다.

"으, 응?"

오하라가 불편한 듯 로렌의 시선을 피했다.

"앞으로는 슬레인이 지켜준다고 하잖아."

"날 그런 괴물이랑 같이 두지 말아줘……."

"누가 괴물이냐……."

객관적으로 볼 때 드래곤인 오하라 쪽이 괴물이다. 그러나 오하라 본인은 그렇게 생각하지 않는 모양이었다.

"당연히 그 드래곤 슬레이어 다르키아 슬레인이지!"

로렌은 어깨까지 써가며 과장된 동작으로 한숨을 내쉬었다.

"알았어. 그럼 따라와."

"로렌, 사랑해!!"

"그거 하지 말고."

그렇게 되었다.

*　　　　*　　　　*

니케아라는 도시 자체가 초행이나 다름없는 로렌이 길을 헤매는 건 당연하다고 볼 수도 있지만, 사실 로렌은 길을 헤매지는 않았다. 목적지는 나침반이 가리켜 주고 있고, 로렌에게는 비행 능력이 있으니까.

그래서 로렌은 별로 시간을 들이지 않고 목적지인 토르코니아 1세의 영묘에 도착할 수 있었다.

토르코니아 1세의 영묘는 토르코니아 제국 특유의 건축 양식인 아치와 돔, 대리석 타일의 모자이크 장식으로 지어져 있었다. 그저 지어놓고 방치만 한 게 아니라, 지속적인 개수와 증축이 이뤄진 듯 옛 방식과 최신 방식이 어우러져 아주 아름다운 형상을 빚어내고 있었다.

그러나 로렌은 건축물의 미를 즐기기보다는 빠른 침투를 선택했다.

하늘을 날아다니는 로렌에게 벽 따위는 아무런 장애도 되지 못했고, 벽 너머의 넓게 펼쳐진 광장도, 그리고 그 광장을 감시하는 감시 초소의 병사들과 동초 중인 초병들의 눈도 명률법 앞에서는 아무런 의미를 갖지 못했다.

굳건히 닫혀 봉쇄된 영묘 본관의 문도 로렌은 클레어보이언스와 텔레포테이션의 활용을 통해 쉽게 돌파했다.

여기까지는 평소와 크게 다르지 않았다. 이런 도둑질이 '평소'가 되어버린 게 조금 씁쓸했지만, 어쨌든.

이변이 일어난 건 로렌과 오하라가 영묘 안에 들어섰을 때의 일이었다.

토르코니아 1세의 시체가 안치되어 있다는, 꽃으로 장식된 유리관(棺) 위에 화려한 의상의 한 남자가 앉아 있었다.

남자의 연령대는 40대 중반에서 50대 중반 정도로, 근육질은 아니지만 적당히 단련된 몸을 하고 있었다. 다소 주름이 있긴 했지만 잘생긴 얼굴에 회색 머리카락에 수염을 길게 기르고 있어 중후한 멋이 느껴졌다.

하나 이런 건 별로 중요한 정보가 아니었다.

유리관은 재질의 특성상 안이 훤히 들여다보였고, 그 유리관 안에는 시체가 없었다.

안 좋은 예감밖에 안 들었다.

"음? 너희는 뭐냐? 황족은 아닌 것 같은데."

로렌의 예감대로 그 남자는 명률법으로 존재를 숨긴 로렌과 오하라를 알아보고 그렇게 질문까지 던져왔다.

"그러는 당신은?"

로렌은 태연함을 가장한 채 그렇게 되물었다.

"이봐, 내가 먼저 물었잖아?"

"혹시 토르코니아 1세?"

아니길 바라며 던진 질문이었다.

"알아본 주제에 말이 짧다?"

그러나 로렌의 기대를 간단히 배반하는 되물음을 던지며 남자는 씨이이익 웃었다. 먹이를 찾아낸 야수와 같은 미소였다. 반면, 로렌은 충격을 받아 휘청거렸다.

"토르코니아 제국의 초대 황제가 드래곤이었을 줄이야……."

인류 역사에 꽤 큰 획을 그은 황제의 정체가 드래곤! 만약 슬레인이 이 사실을 알게 되면 가만히 있지 않으리라.

드래곤이 두세 마리 정도 살아 있는 거야 그냥 넘어가지만, 드래곤과 그 후예가 지배하는 제국을 드래곤 슬레이어자 인류의 용사인 그가 그냥 놔둘 것으로는 보이지 않았다.

"응? 뭐? 아니야, 아니야."

로렌의 혼잣말에 남자, 토르코니아 1세는 깜짝 놀라 손을 내저었다. 토르코니아 1세의 그 반응이 로렌에겐 오히려 의외였다.

"그럼 우릴 어떻게 알아봤지?"

로렌의 질문에 초대 황제는 예상할 수 있는 답변을 던져왔다.

"난 그저 드래곤에게서 명률법을 배웠을 뿐이야. 드래곤인 건 아니야."

"드래곤에게 명률법을 배웠다고?"

로렌은 이상해서 되물었지만, 곧 그 자신도 같은 케이스임을 깨닫고 입을 다물었다.

황급히 변명을 한 초대 황제는 뭔가 이상하다는 듯 고개를 갸웃거리다 다시 입을 열었다.

"그런데 왜 내가 너희한테 변명을 하고 있지? 너희는 내 무덤에 도굴하러 온 도굴꾼이지?"

"맞아."

로렌은 시원스럽게 인정했다.

"네가 남긴 보물 중에 우리가 필요로 하는 게 있어. 그것만 갖고 나가겠다."

"도둑놈들 주제에 뻔뻔하기까지……."

로렌의 말에 토르코니아 1세는 어이없다는 듯 웃었다. 로렌은 마주 웃어주진 않았다.

"인정한다. 하지만 어쩔 수 없어."

"뭐? 어쩔 수 없어? 어떤 이유로 어쩔 수 없이 황제의 영묘를 터는지 궁금하군. 설마 세계의 멸망을 막기 위해서, 같은 소릴 떠들진 않겠지? 그 정도 이유가 아니면……."

"역시 초대 황제라 그런지 감이 좋군."

로렌은 토르코니아 1세의 말을 끊고 바로 텔레파시를 통해 3년 후의 심상을 내쏘았다. 멸세의 괴물들이 이 세계를 습격해 오는 그 장면을. 이미 여러 번 한 일이라 심상을 가다듬을 필요도 없었다.

"윽!"

로렌이 보낸 심상을 본 토르코니아 1세는 놀란 듯 허공에 사지를 마구 휘젓다가 유리관 위에서 떨어졌다.

"뭐야, 이건?"

"3년 후에 일어날 일이다."

로렌은 음울한 시선으로 땅에 떨어진 초대 황제를 내려다보며 선언했다.

"우리가 아무것도 하지 않는다면 지금으로부터 3년 후, 인류는 멸망한다."

"흐으음, 그렇군."

초대 황제는 유리관 위로 휙 뛰어오르곤 자세를 고쳐 잡으며 말했다.

"나랑은 상관없는 일이군."

그러고선 씨이이이익 웃는다.

"그런가."

로렌은 차갑게 대꾸했다.

"뭐야, 조금쯤은 놀라는 게 어때? 놀라라고 한 소린데."

"과거의 망령이 현계에 관심이 없는 건 당연하다고 봐서."

로렌은 스르렁, 각인검을 빼어 들었다.

"하지만 인류 의회에라도 소속되면 생각이 조금 달라지겠지."

"잠깐! 잠깐!!"

초대 황제가 놀라 손을 내저었다.

"농담이야, 농담! 내 제사를 지내줄 후손들이 다 죽어나갈 텐데 상관이 없을 리가 없잖아! 그냥 너무 심심해서 친 장난이야. 귀엽게 봐줘."

"귀엽게?"

로렌의 눈썹이 꿈틀대었다.

"내가 네놈을 귀엽게 봐줘야 할 하등의 이유가 없는데?"

"건전하군. 내가 이렇게 귀여운데 귀엽게 안 보다니."

로렌의 반응에 초대 황제는 감탄해서 고개를 끄덕였다. 로렌은 어처구니가 없어서 말도 없이 황제를 노려보았다. 그 시선을 받은 초대 황제는 갑자기 당황하더니 유리관에서 거울을 꺼내 자신의 모습을 비쳐보기 시작했다.

"응? 아니, 잠깐. 거울 좀."

거울 속 자신의 모습을 확인한 초대 황제는 한숨을 내쉬었다.

"내가 주책을 떨었군. 미안해."

그러더니 제자리에서 한 바퀴 휙 재주를 넘었다. 그러자 초대 황제의 모습이 바뀌었다.

"이게 내 본 모습이야."

굉장히 귀여운 소년이었다!

"소녀라고 해도 믿을 정도로 귀엽군."

로렌은 하는 수 없이 토르코니아 1세가 귀엽다는 것을 인정했다. 그럼에도 불구하고 토르코니아 1세는 화를 내며 그 자리에서 방방 뛰었다.

"뭐? 난 소녀야!"

"……"

로렌은 어이가 없어서 말도 없이 황제를 쳐다보았다. 그러자 초대 황제는 분노를 담은 시선으로 로렌을 마주 노려보았다.

"뭐야? 너도 이런 어린 여자애가 황제가 되어선 안 된다고 말할 건가?"

"안 될 건 없는데. 그렇게 따질 거면 남장을 하지 말았어야지."

초대 황제는 굉장히 귀여운 소년의 모습이었다. 즉, 남성의 복장을 하고 있고, 머리도 짧게 쳤다. 여성성이란 게 거의 존재하지 않는 앞가슴도 훤히 드러내고 있고 말이다.

"윽……! 할 말 없군."

초대 황제는 로렌의 반론에 무안해진 듯 존재하지도 않는 수염을 만지려다 손을 내렸다.

"그런데 넌 대체 뭐지? 인간은 아닌 것 같은데."

"응. 인간은 아니야. 그 때문에 인류 의회가 날 죽이려고 했지. 인간도 아니고 남자도 아닌 내가 황제를 해선 안 된다나. 그래서 적당한 때에 제위를 물려주고 영묘로 피신해 온 거야."

"왜 옛날이야기로 내 질문의 본질을 흐리지? 그렇게 정체를 밝히기가 싫은가?"

"사실 싫어."

초대 황제는 솔직하게 대답했다.

"하지만 네가 먼저 정체를 밝힌다면 나도 대답해 주도록 하지. 도굴꾼, 넌 대체 뭐냐?"

초대 황제의 눈빛이 날카롭게 빛났다.

"뭐기에 3년 후의 예언을 내게 보일 수 있는 거야?"

"마법사다."

로렌은 간결하게 대답했다. 그의 대답을 들은 초대 황제의 눈이 가늘어졌다.

"마법사가 예언도 할 수 있다는 말은 들은 적이 없는데."

"그야 그렇겠지. 실제로도 그렇고."

로렌은 가볍게 인정했다.

"내가 한 건 예언이 아니다."

"…뭐?!"

초대 황제는 무슨 헛소리냐는 듯, 미간을 찌푸렸다. 귀여운 소년의 모습으로 미간을 찌푸려 봐야 압박감이 들기는커녕 미소가 나올 정도였지만, 로렌은 굳은 표정과 진지한 목소리로 이어 말했다.

"내가 보여준 건 내 과거다. 내게 있어서의 과거지."

"그게 무슨……."

"[회귀 주문]."

설명하는 것이 귀찮아졌기에, 로렌은 회귀 주문이라는 단어를 텔레파시로 전달했다. 이로써 회귀 주문에 대한 설명이 정확한 의도와 뉘앙스로 초대 황제에게 전달되었을 터다.

"아무것도 안 하면 3년 후에 그런 일이 일어난다는 건 예언 따위가 아니야. 그저 내가 직접 보고, 듣고, 경험했던 일일 뿐이다."

"그런……."

토르코니아 1세를 자칭하는 소녀는 그제야 충격을 받은 듯 입을 뻐끔거렸다. 그러나 로렌은 그녀가 충격을 받든 말든 자기 할 이야기를 계속했다.

"초대 황제 토르코니아 1세, 너는 제국에 영향력이 얼마나 남아 있지? 내가 겪은 바에 의하면 3년 후에 제국은 멸망하게 된다. 넌 그 미래를 바꿀 만한 영향력을 갖고 있는가?"

토르코니아 1세에게 여기까지 비밀을 털어놓는 건 로렌에게도 따로 목적이 있어서였다.

반쯤은 도박수였다.

제위는 자손들에게 넘기고 영묘에 유폐된 채 인류 의회의 시선을 피해 지내는 초대 황제에게 권력이랄 게 있기는 할까?

없을 가능성이 더 높았다.

그러나 만약 토르코니아 1세에게 먼지 한 톨만큼의 발언권이라도 있다면, 그것은 미래를 바꿀 가능성으로도 이어진다.

'이제 와서 내가 회귀자란 게 밝혀진다고 내가 곤란할 것도 없고.'

로렌이 아직 약하고 약점이 많았을 때인 몇 년 전이라면 모를까, 지금의 로렌에겐 회귀자란 비밀이 별로 약점이 되질 않았다. 누군가가 어중간한 권력이나 힘으로 그에게 도전해 봐야 별 의미가 없었다. 로렌은 다 꺾어낼 자신이 있었다.

물론 비밀로 두는 게 나은가, 밝히는 게 나은가 묻는다면 당연히 안 밝히는 쪽이 이득이다. 그러니 사람들에게 말하고 다니지 않는 거고.

하지만 이 비밀을 밝힘으로써 미래를 바꿀 아주 약간의 가능성이라도 얻을 수 있다면 밝히는 쪽이 이득이다.

로렌은 지금 그렇게 판단했다.

"…없어. 발언권이고 권력이고 뭐고, 천 년 전의 인물인 내게 그런 게 있을 리 없지."

토르코니아 1세는 면목 없다는 듯 고개를 저었다. 로렌의 도박수는 실패로 돌아갔다.

그렇게 보였다.

"하지만 그건 이제부터 만들면 되지."

토르코니아 1세의 안광이 날카롭게 빛났다.

"말하라, 마법사. 날 이용해서 무슨 나쁜 짓을 할 셈이지?"

"그야 제국에 경고를 해서 미리 3년 후를 준비시킬 생각이야. 그러기 위해서는 내 말을 믿어줄 권력자가 필요하고, 네가 그 역할을 맡아줬으면 좋겠다고 생각하고 있지."

로렌의 이야기를 듣고 난 토르코니아 1세가 두 눈을 깜박이다가 되물었다.

"…그게 전부야?"

"가능하다면 제국의 지원도 얻고 싶지만, 동부 전선은 제국이 맡아야 될 테니… 너무 많은 지원을 바랄 순 없겠군. 그래, 이게 전부다."

"…그 정도라면 나라도 도움을 줄 수 있겠군."

이로써 로렌은 일단의 목적은 이뤘다. 하지만 아까부터 마음에 걸리는 것이 있었다.

애초에 로렌이 자신의 비밀을 밝히게 된 건, 토르코니아 1세가 로렌부터 정체를 밝히면 자신의 정체에 대해 알려주겠다고 말하게 된 게 계기다.

그런데 이야기가 두루뭉술하게 흘러가더니 토르코니아 1세의 정체에 관한 질문은 없던 것이 되었다.

마음에 들지 않았다.

"도와준다는 건 고맙지만, 아까부터 자꾸 말을 돌리려 드는 게 마음에 안 드는군. 이쪽은 이쪽 최대의 비밀을 밝혀줬어. 그렇다면 그쪽도 그에 대한 대가를 치르는 게 예의 아닌가?"

로렌이 따지고 들자 토르코니아 1세는 한숨을 내쉬었다.

"…제국의 초대 황제를 상대로 예의라니, 말도 안 되는 소릴 하는군."

"그렇게 대답하기가 싫은가?"

"그래."

초대 황제는 뻔뻔했다!

"하지만 더 대답을 미룰 수 없을 것 같군. 알았어. 대답하지."

토르코니아 1세의 얼굴은 딱딱하게 굳었다. 정말 대답하기 싫은 모양이었다.

"난 바스타드다."

"응?"

처음 듣는 단어였기에 로렌은 고개를 갸웃거렸다. 그렇다고 그 단어의 의미까지 모르는 건 아니었다.

"나를 창조해 낸 자는 나를 그렇게 불렀지. 그러니 그게 나의 이름이기도 하겠군."

"그걸 이름으로?"

"그 단어에는 여러 의미가 있지만 나를 창조해 낸 자는 이런 의미를 담아 날 불렀다."

정말 말하고 싶지 않은 듯, 토르코니아 1세는 빠른 속도로 말했다.

"잡종. 혼종."

로렌은 충격을 받았다. 그가 받은 충격이 어떤 종류의 충격인지 토르코니아 1세가 알리 만무하지만, 어쨌든 그녀는 로렌이 충격을 받았다는 것에 만족하며 자학적으로 웃었다.

"이 정도 비밀이라면 네 비밀과 등가교환이 가능한가? 토르코니아 제국의 초대 황제가 잡종이라니. 게다가 그 정체는 이런 어린 여자아이. 그야말로 제국의 근간을 뒤엎을 정도의 스캔들이 아닌가?"

"아니, 그딴 건 아무래도 좋아."

로렌은 정신을 차리기 위해 자신의 머리를 뒤흔들었다.

"네 창조자의 정체가 궁금해. 그놈은 대체 뭐냐?"

"흐음."

로렌의 반응이 크게 마음에 들지 않은 듯, 토르코니아 1세는 팔짱을 끼고 로렌을 노려보았다.

"좀 더 놀라지그래?"

초대 황제는 솔직했다!

"와아, 깜짝이야."

"그 반응은 마음에 안 드는군. 그래, 뭐. 어쩔 수 없지. 쳇."

로렌의 심드렁한 반응에 토르코니아 1세는 투덜거렸다.

"그의 정체에 대해선 나도 잘 몰라. 애초에 금지된 실험을 하다가 인류 의회에 걸려서 처형당했으니까. 네가 인류 의회에 끈이 있다면 그쪽을 통해 물어보는 게 더 나을 거야."

"그렇군. 그건 그렇게 하도록 하지."

"진짜 인류 의회에 끈이 있는 거야?!"

토르코니아 1세의 반응에 로렌은 헛웃음을 지었다.

"뭐, 없진 않지."

그렇게 대답하면서도 로렌의 머리는 돌아갔다. 나중에 예카테리나를 찾아가 물어봐야겠다고 생각하며, 로렌은 여기서의 의문을 일단 접어두었다.

"그럼 부탁이 있는데……."

토르코니아 1세는 망설이듯 어물거리며 입을 열었다. 로렌은 눈치 빠르게 대꾸했다.

"널 유폐형에서 풀어달라는 거? 그 정도 부탁은 해줄 수 있어. 뭐, 인류 의회가 그 부탁을 들어준다는 보장은 못 하지만."

"눈치가 빠르군. 그걸로 충분해."

토르코니아 1세는 만족스러운 듯 미소 지었다. 그러나 그 미소는 곧 지워질 터였다. 로렌이 이런 요구를 할 것이기 때문이었다.

"대신 네 정확한 정체를 알려줬으면 해."

"뭐?"

"설마 바스타드라는 한 마디로 퉁치고 끝내려는 건 아니겠지?"

"으……."

토르코니아 1세는 질색인 표정을 지었지만, 고개를 젓지는 않았다.

*　　　　*　　　　*

토르코니아 1세의 증언은 꽤 끔찍했다. 그녀가 말하고 싶어 하지 않은 이유를 알 수 있을 정도로 말이다.

토르코니아 1세의 창조자는 암컷 드래곤 두 마리를 소유하고 있었다고 한다.

대체 무슨 수로 드래곤을 두 마리나 소유했는지는 토르코니아 1세도 모른다고 했으니 알아내기가 쉽진 않겠지만, 일전에 오하라가 증언한 바에 의하면 인류가 인류 의회 몰래 살려 둔 암컷 드래곤이 몇 마리 있었다고 했으니 그것들 중 일부일 것임은 추측할 수 있었다.

어쨌든 토르코니아 1세의 창조자는 그 암컷 드래곤 두 마리를 데리고 생체 실험을 반복한 것 같았다. 토르코니아 1세는 그 드래곤들을 '할머니들'이라고 불렀다. 왜 바스타드인 그녀가 그 드래곤들을 할머니들이라고 불렀는지는 꽤 명백했다.

토르코니아 1세의 창조자는 암컷 드래곤들에게 명률법을 가르치고, 여러 인류 종족으로 변신하도록 명령한 후 그 상태에서 교접을 반복했다. 그중에는 용의 연대 시대에 멸망해 버린 옛 종족 몇도 포함되어 있었다.

놀랍게도 명률법으로 변신한 상태에서도 잉태가 가능했고, 비록 혼혈이긴 하지만 이런 방식으로 옛 종족을 몇 되살릴 수 있었던 모양이었다.

여기까지였다면 그래도 개인적인 성생활을 즐긴 것뿐이라고 할 수도 있겠지만, 끔찍한 건 이 다음부터다.

토르코니아 1세의 창조자는 이렇게 태어난 혼혈 아이들을 또 교잡시켰다. 아버지는 모두 같고, 어머니는 다를 때도 있지만 같을 때도 있는 명백한 근친이었다. 그것이 몇 세대나 이어졌다.

그 끔찍한 실험의 반복 끝에 태어난 게 토르코니아 1세였다.

"대부분의 '바스타드'들은 오래 살지 못하고 죽어버렸어. 고대 종족들은 수명이 긴 편이었는데, 그 긴 수명의 1할도 채우지 못하고 죽어버렸다고 했어. 아마 내 창조자가 가혹하게 다뤘기 때문이기도 했지만, 유전병 탓도 있었겠지. 그에 비하면 난 성공작이었어."

적어도 단명하지는 않았으니 말이다.

이 끔찍한 실험이 끝난 건 토르코니아 1세의 창조자가 저지른 사소한 실수로 인해 인류 의회에게 드래곤의 '사육'을 발각당한 후의 일이었다. 그 창조자는 인류 의회의 자객에 의해 살해당하고, 토르코니아 1세의 할머니들, 즉 드래곤들도 살처분되었다.

토르코니아 1세를 비롯한 바스타드 생존자들의 처분은 논란이 따랐다. 드래곤에게서 태어나긴 했으나, 어쨌든 인류와 인간 사이에서 난 아이들이다. 광의적으로 따지자면 인류라

못할 게 없었다.

격렬한 회의와 토론 끝에 바스타드들은 생존이 허락되었다.

"그래서 난 토르코니아 왕국에 맡겨졌고, 축복받은 자였던 토르코니아 선왕의 양자가 되었지."

"양녀가 아니라?"

"양녀가 아니라."

토르코니아 1세의 얼굴에 미소가 떠어졌다.

"토르코니아 선왕 폐하께는 다른 아이가 없었고, 인류 의회… '그분들'에게서 위탁받은 나를 꽤 애지중지 키워주셨어. 사실 인류 의회 입장에선 그냥 적당한 자각자에게 귀찮은 짐덩이를 떠넘긴 것에 불과하지만, 나는 왕자로서 교육받았고 그 역할에 충실하려고 노력했어."

잔혹한 실험이 반복되던 곳에서 자라난 토르코니아 1세에게 있어선 양자라고는 하나, 부모의 밑에서 자라나던 그 시절이 일생에서 가장 행복한 시기였다는 것 같았다.

"과연……."

그 결과가 토르코니아 제국의 형성으로 이어졌으니, 토르코니아 1세의 양아버지는 지나치게 교육을 잘한 셈이 되어버렸다.

"문제는 내가 사실은 여자애고, 그보다도 큰 문제는 내가 이 이상 성장하지 않는다는 점에 있었지."

일정 연령대까지는 육체가 성장하다가, 그대로 멈춘 듯 지금의 모습대로 고정되어 버렸다고 한다. 아마도 그녀의 피에 섞인 어떤 종족의 특질이 잘못 발현된 결과물일 거라 그녀는 추측했다.

아무리 고대 종족이라도 불멸하는 종족은 없었으니 말이다. 엘프도 드워프도 장수하지만 정해진 수명이 있다.

"내가 어떤 고대 종족의 피를 어떤 식으로 이었는지는 모르지만, 어쨌든 내게는 할머니들에게서 배운 명률법 외에도 선천적으로 [둔갑술]이라는 고유 능력을 갖고 있었어."

로렌은 조금 전에 토르코니아 1세가 보여준 묘한 능력에 대해 기억해 냈다.

명률법은 성별과 연령까지 바꾸진 못한다. 그런데 토르코니아 1세는 그 두 가지를 모두 바꿔 보여주었다. 명률법 외의 다른 능력을 사용했다고 보는 게 맞았다. 그것이 토르코니아 1세의 둔갑술일 터였다.

"처음에 내게 보여준 모습으로 '둔갑'한 건가."

"정답이야."

토르코니아 1세는 쓴웃음을 지으며 말했다. 그리 당당한 이야기는 아니니 그녀의 반응도 이상하진 않았다.

"그래서 나는 장성한 인간 남자의 모습으로 내 자신의 모습을 가장하고 사람들 앞에 나섰어. 나의 진짜 모습을 알았던 건 오직 아버지뿐……. 비밀은 새어 나가게 마련이라지만, 내 비밀은 꽤 잘 지켜졌어. 아버지 덕이지."

모르긴 몰라도 진실을 깨달은 자에 대한 숙청이 없지는 않았으리라. 로렌은 그렇게 추측했지만, 발설하지는 않았고 토르코니아 1세도 거론하지 않았다.

"다른 적법한 왕위 계승자도 없었으니, 비록 양자라곤 하나 내가 왕위에 오르는 걸 반대할 귀족은 없었어. 그 덕에 나는 성공적으로 왕위에 올랐지."

그리고 왕위에 오른 토르코니아 1세가 지나치게 날뛰어 버린 끝에, 인류 의회는 일사부재리의 원칙을 어기고 그녀에게 유폐형을 내렸다. 인류 의회에도 양심이 없지는 않았는지, 그나마 바로 살처분하지 않은 것은 다행이라 할 수 있었다.

"나와 같은 창조물들이 금방 죽었기 때문에 내린 결정일 거야. 나도 유폐당하고 얼마 지나지 않아 죽을 줄 알았겠지. 그런데 유감스럽게도 지금까지 살아남아 버렸군."

긴 이야기를 끝내자 숨이 찼는지, 토르코니아 1세는 한숨을 푹 내쉬었다.

"자, 이야기는 이걸로 끝이다. 이제 만족했나?"

"아니, 하나만 더."

로렌이 손가락 하나를 세우며 말하자, 토르코니아 1세는 짧게 툴툴거렸다.

"뭔데?"

"네가 선왕의 양녀로 지낼 때 불린 이름이 뭐지?"

처음부터 토르코니아 1세라 불리지는 않았을 것이다. 그건 왕의 이름이다. 더군다나 1세. 황제가 되고 나서 붙은 이름일 터.

로렌의 뜬금없는 질문에 토르코니아 1세는 의표를 찔린 듯 얼굴을 조금 붉혔다.

"뭐? …그건 왜 궁금한데?"

"토르코니아 1세는 너무 길잖아."

"그게 이유야?"

토르코니아 1세는 어이없어했다.

"응."

"그래, 뭐. 선왕께선 날 마리라 불러주셨어."

"마리?"

"그래. 좀 흔한 이름이긴 하지만……."

진짜 흔한 이름이었다.

그럼에도 불구하고 토르코니아 1세는 자신이 마리라 불렸던 과거를 되새김하는지 미소 지었다. 하기야 이름 그 자체가 중요한 게 아니다.

"괜찮은 이름이지?"

"그럼 마리라고 부를게."

그러므로 로렌은 이렇게 말했다. 그러자 마리는 약간 당황하며 되물었다.

"뭐?!"

"안 돼?"

"…안 될 건… 없지."

나쁜 반응은 아니다. 그저 좀 간지러워하는 것 같았다. 그렇다면 상관없었다.

"그래, 그럼 마리, 네 요청대로 나는 인류 의회에 네 형기의 단축을 주장하겠어. 이 정도면 이야기를 들은 값으로 충분한가?"

"충분해!"

마리는 만족한 듯 큰 목소리로 대답했다. 그 대답하는 모습과 목소리는 보이는 대로의 소년다움이 묻어나 조금 귀여웠다. 소녀지만 말이다.

*　　　*　　　*

마리와 약속을 한 후, 로렌은 영묘에서 빠져나왔다. 물론 엘리시온의 경이 파편들은 챙겨 들고 말이다. 다른 보물들은 오하라가 열심히 관찰한 후 그 데이터를 텔레파시로 로렌에게 넘겨주었기 때문에 로렌이 시간 낭비를 할 필요는 없었다.

제국에 대한 건 마리가 알아서 할 것이다. 미래를 알게 된 그녀는 지난 3년 후보단 조금 더 잘할 것이다. 적어도 로렌은 그렇게 믿었다.

영묘에서의 일정을 마친 로렌은 일행이 있는 곳으로 돌아갔다.

"한 끼 정도는 더 먹고 가고 싶은데."

"그러도록 하지."

스칼렛의 요청에 로렌은 출발을 저녁때로 늦췄다. 이번에는 도둑질을 한 게 아니라 초대 황제와 만나 딜을 하고 온 것이기 때문에 도둑놈처럼 재빨리 도망칠 필요가 없었다. 스칼렛은 로렌의 대답이 의외였던 듯 놀라더니 곧 기뻐했다.

"만세!"

멜라니와 슬레인도 좋아했다. 재잘거리는 걸 들어보니 슬레인은 다른 두 어린 드래곤과 친해진 모양이었다. 조용한 건 모건 르 페이 정도였다. 그녀는 해산물을 입에 안 맞아 했다.

'뭐, 그럴 수도 있지.'

어쨌든 엘리시온의 경이 파편을 모으는 여정은 이것으로 마무리가 된 셈이다. 작은 자축 정도는 해도 괜찮을 듯싶었다.

로렌은 일행을 끌고 근처에서 가장 고급스러워 보이는 요리집으로 향했다. 해산물뿐만 아니라 다른 요리도 다룰 줄 아는 집으로 말이다.

토르코니아는 제국이니만큼 자랑으로 삼는 요리가 한두 가지가 아니다. 그리고 그것이 해산물 요리에만 그치지 않음은 당연한 일이었다.

제국의 정복 사업은 기름진 농경지를 손에 넣기 위한 것으로 시작했고, 그 시도는 성공했다. 그리고 그 농경지에서 가장 성공적으로 생산된 작물은 바로 쌀이었다.

대륙 북부에서는 거의 재배되지 않는 이 쌀이라는 작물은 다른 일행들에게는 매우 생소한 식품이었으나, 김진우로서의 기억을 갖고 있는 로렌에게는 그렇지 않았다.

하얀 쌀밥!

안 그래도 로렌은 여기서 한 끼 더 먹고 갈 생각이었다. 로렌 하트 시절엔 쌀밥에 대한 인상이 그리 좋지 않아 잊고 있었으나, 나중에나 기억이 났다.

수도인 니케아부터가 어촌 마을에서 시작된 도시고, 토르코니아에서도 제국이 된 후에나 쌀밥을 먹기 시작했기에 쌀밥은 아직 완전히 대중화되지는 않았다. 어제 들렀던 요리집에서 쌀밥이 나오지 않은 이유였다.

그래서 이번엔 아예 확실히 백반이 나오는 요리집을 찾아 들렀다.

그리고 그 결과……

"하긴 그렇지."

한국인의 식성은 동북아시아에서만 한정적으로 재배하는 특별한 품종의 쌀에 맞춰져 있다. 그리고 이 쌀은 상당한 품종 개량을 거친 물건이다.

그러나 이 세계의 쌀은 달랐다.

한 마디로, 달았다.

한국의 쌀밥도 꼭꼭 씹으면 단맛이 느껴진다고는 하지만, 토르코니아의 쌀밥은 그저 밥만 지어놓아도 하나의 요리가 될 정도로 단맛이 강했다. 강한 맛의 반찬을 먹고 입안을 씻어내 입맛의 리셋을 하는 역할을 기대할 수는 없었다.

토르코니아에선 밥을 주식이 아니라 별식으로나 먹는 게 이해가 됐다.

'하긴 이 세계에서 김진우로서 먹던 쌀밥을 기대하긴 힘들지.'

마음속 한구석에서 밀려오는 약간의 실망감을 씁쓸하게 곱씹고 있는 로렌과 달리, 일행들은 처음 맛보는 쌀밥이라는 요리가 그리 나쁘지 않은 듯 맛있게 먹고 있었다.

특히 모건 르 페이는 자기 손가락 마디만 한 쌀밥을 한 톨씩 집어다가 열심히 입에 밀어 넣고 있었다.

"로렌 님, 이거 한 포대 사가죠!"

급기야 활짝 웃으며 그런 소릴 하기에 이르렀다.

텔레파시 도청 사건 이후 다소 의기소침했던 모건 르 페이였는데, 토르코니아식 쌀밥의 맛은 그런 그녀를 웃게 만들 정도였던 모양이었다.

'뭐, 그럼 됐지.'

적어도 이 요리집에 온 보람을 하나는 찾아낸 듯해, 로렌은 비로소 웃을 수 있게 되었다.

65장
귀로에 오르며

로렌 일행은 귀로에 올랐다.

그냥 남쪽으로 똑바로 내려온 것이 아니라 셀라시에 왕국을 기점으로 동쪽으로 틀어 바이도아를 찍은 후 약간 북상했기 때문에 왔던 길을 그대로 돌아갈 필요는 없다. 그렇다고는 해도 긴 여정인 건 변함이 없었다.

그 여정 동안 로렌은 스칼렛을 탈각시키기 위해 노력했다.

멜라니와 달리 스칼렛은 좀처럼 탈각의 경지에 오르지 못했다. 아무래도 청소년 정도의 드래곤을 성년에 진입시키기 위해선 오하라의 방대한 공력 외에도 또 다른 조건이 더 필요한 모양이었다.

"나이를 먹으면 자연히 탈각하게 될 거야."

오하라는 그렇게 말했지만, 로렌에게는 시간이 없었다. 아니, 정확히는 이 세계에 시간이 없는 것이겠다. 3년 후에 멸망할 세계다.

"방법을 좀 바꿔봐야겠어."

그냥 스칼렛만 탈각시키고 말 거면 이대로도 상관없을 것이다. 이대로 공력을 모으다 보면 언젠가는 탈각할 테니까. 그러나 3년 내에 멜라니도 다시 한 번 탈각시킬 계획인 로렌으로서는 더 효율적인 방법을 떠올려야 할 필요가 있었다.

드래곤은 정말 강력한 전력이다. 별다른 소모값도 없이 하늘을 날 수 있으며, 다른 능력을 활용하지 않고도 그 육체만으로도 대단히 강력한 공격 능력을 발휘할 수 있다. 독과 역병에도 강한 저항성을 갖고 있어서 최전선에 나서도 상관없다.

지난 3년 후에 스칼렛과 멜라니는 큰 활약을 해주었다. 그럼에도 불구하고, 그 최후는 결국 죽음과 패배, 멸망이었다. 로렌은 그 미래를 다시 한 번 되풀이할 생각은 없었다.

그러니 뭐라도 해봐야 했다.

*　　　*　　　*

로렌이 선택한 방법은 매우 위험한 방법이었다.

그 방법이란 바로 로렌이 드래곤 형태를 취하는 것이기 때문이었다.

로렌도 명률법에 꽤 익숙해져 두세 가지의 명률을 동시에 다루는 것도 가능해지기는 했다. 하지만 드래곤 형태를 취하면서 존재감을 지우는 두 가지 명률을 동시에 다룰 수 있을지는 불명확했다.

'지나친 공포로 인해 미쳐 버릴지도 모르지.'

더 강력한 명률법을 다루기 위해서는 더 큰 공포를 맛봐야 한다. 명률법은 사용할수록 사용자의 정신을 공포로 물들여 간다. 그렇기에 필연적으로 명률법은 사용할수록 성장한다. 문제는 지나친 공포는 사람의 정신을 파괴하고 광기에 물들인다는 점이다.

'그렇다한들 찬밥 더운밥 가릴 때는 아니지.'

가능성이 있다면 뭐든 해봐야 할 때였고, 설령 로렌이 미쳐 버린다 한들 엘리시온의 경이의 힘을 빌어서 치유할 수 있다. 보험도 하나 있는데 망설일 이유가 없었다.

"간다!"

로렌은 스칼렛의 등 위에서 뛰어내림과 동시에 명률법을 사용했다. 명률의 힘이 흐르고 로렌의 몸이 드래곤으로 변화하기 시작했다.

"크으으으윽!"

로렌의 심장을 공포가 틀어쥔다. 이 정도는 버틸 만했다. 경험해 본 바가 있으므로.

'굳이 모습을 숨겨야 하나? 어차피 3년 후면 멸망할 세상인데.'

그러나 로렌의 마음속에 피어나기 시작한 약한 생각은 그의 공포가 그의 정신을 가만 놔두지는 않았다는 방증이었다.

'아니, 한다.'

로렌은 '이번에' 성공할 생각이었다. 그렇다면 3년 후에도 계속 이어질 세상 또한 바라봐야 했다. 어차피 멸망할 세상이라고 마음대로 한다는 건 포기 선언, 항복 선언이나 다름없었다. 그 선택만은 해서는 안 된다.

그러므로 로렌은 심장을 부여잡고, 다음 명률을 읊었다. 로렌 본인의 진짜 이름을 부르고…….

'착각했나?'

로렌은 바스러져 가는 이성의 끄트머리로 생각했다.

드래곤 상태로 존재감을 숨기는 건 로렌이 예상했던 것보다 더 많은 공포를 자아냈다. 그 탓에 공포는 로렌의 정신을 상정한 것 이상으로 갉아먹었고, 로렌은 버틸 수 없는 공포 끝에 정신을 놓아버리기 일보 직전인 상태였다.

'나는 이렇게도 약했군.'

이렇게 되어버리면 끝이다. 이성을 놓아버린 자신이 무슨 짓을 할지 모른다.

어째서 보험이 있다고 생각한 걸까!

이성을 잃고 날뛰는 드래곤이 세상에 등장하면, 세상은 그 드래곤을 그냥 내버려 둘까? 인류 의회는? 미쳐 버린 로렌을 잡느라 세상은 귀중한 전력과 자원을 낭비할 거고, 동시에 3년 후를 대비할 로렌도 잃는다.

그것은 곧 예기된 멸망이 그대로 찾아오리란 것을 뜻한다.

로렌의 눈동자에 공포보다도 더 큰 절망이 짙게 내려앉았다.

"…렌!"

누군가의 목소리가 들렸다. 아는 목소리였다.

"로렌!"

스칼렛.

스칼렛이 로렌의 손을 잡아주고 있었다.

'아니, 드래곤 상태니 앞발인가.'

그딴 시답잖은 생각을 떠올린 순간.

로렌은 자신이 공포를 극복했음을 깨달았다.

"…아니, 무슨."

로렌은 어이가 없어 중얼거렸다.

"공포 영화 보고 난 날 밤 부모 손잡고 자는 애도 아니고."

"영화가 뭐야?"

로렌의 혼잣말을 들은 스칼렛이 궁금한 듯 물었다. 로렌은 그런 그녀의 질문에 대답하는 대신, 드래곤의 입으로 피식 웃었다.

"…하긴 뭐, 공포를 극복하는 수단으로 상투적이긴 하지."

"그래, 로렌. 네가 미쳐 버리지 않아서 기뻐!"

스칼렛은 진심으로 안도하며 말했다.

"슬레인이 네가 미쳐 버렸을 경우를 대비해서 널 죽일 만반의 준비를 갖춰놓고 있었거든. 나 진짜 무서웠어. 저게 용살자구나."

그 말을 듣고 뒤를 돌아보니 저주총 예거콜을 수납하는 슬레인의 모습이 보였다. 만약 로렌이 이성을 잃었다면 슬레인은 로렌에게 예거콜을 쏴 죽일 생각이었으리라. 저주에 걸려 끔찍하게 죽을 뻔했다는 생각에, 간신히 가라앉았던 공포가 다시 되살아날 것 같았다.

"…어쨌든 덕분에 살았어, 스칼렛."

"응! 나한테 고마워하도록 해! 그리고 맛있는 걸 사줘!!"

"그건 다음에."

로렌은 언제 고마워했냐는 듯, 단호하게 말했다.

"이제 수련을 시작하자."

＊   ＊   ＊

지난번에 드래곤으로 변신했던 장소가 드래곤의 영계이니만큼, 로렌은 드래곤인 상태에서 자신의 마력과 공력, 각인의 힘 등이 어떻게 되는지 확인하지 못했다.

'이것이 드래곤 하트.'

그러니 실제로 드래곤 하트를 느껴보는 것도 처음이었다.

오하라에게서 처음 드래곤 하트에 대한 설명을 들었을 때는 그냥 드래곤의 이심이라 폄하했었지만, 자신의 몸에서 존재감을 발하는 드래곤 하트를 직접 느껴보니 그 감상이 사뭇 달랐다.

'굉장하군.'

드래곤 형태일 때와 인간 형태일 때의 공력 크기가 그렇게 큰 차이가 없다는 건 로렌도 스칼렛 등을 통해 알고 있었다.

그러나 드래곤과 인간은 결정적으로 다른 점이 있다.

몸집이다.

그 큰 몸의 전체, 발끝까지 공력을 보내기 위해서는 인간의 이심보다도 강력한 이심이 필요할 수밖에 없다. 그 결과.

두쿵! 두쿵!

드래곤 하트는 인간의 이심과 비할 바 없을 정도로 어마어마한 압력으로 공력을 뿜어내는 기능이 부여될 수밖에 없었다.

'그렇군.'

로렌은 자신이 처음 탈각하고 이심을 얻었던 때를 기억해냈다. 당시의 스칼렛에게는 이심이 없었지만, 그럼에도 불구하고 드래곤의 몸에서 뿜어져 나오는 엄청난 압력의 공력으로 로렌은 단번에 기사도의 두 경지에 오를 수 있었다.

그리고 로렌은 스칼렛과 달리 성체이며, 승화의 경지에 오른 이후에도 한 번 더 탈각한 데다 열심과 뇌심까지도 갖고 있다. 공력을 다루는 기술은 이제는 리처드 남작을 뛰어넘어 인류 최고라고 자부할 만하다.

'확신이 생기는군.'

로렌은 자신에 차서, 인간의 형태를 취한 채 자신의 등 위에 앉은 스칼렛에게 신호했다.

"시작해."

"……."

로렌의 신호를 무시한 채, 스칼렛은 멍하니 로렌을 바라보고 있었다.

"스칼렛, 뭐 해?"

"어, 어?"

스칼렛은 정신이 든 듯 화들짝 놀라며 로렌의 시선을 피했다.

"왜 그래?"

"아니, 그냥……."

스칼렛은 대답을 망설이다가, 조금 전의 두 배쯤은 더 붉어진 얼굴로 이렇게 말했다.

"내가 생각했던 것보다 네가 훨씬 잘생겨서……."

"스칼렛! 어디서 꼬리를!!"

스칼렛과 로렌의 대화를 옆에서 듣고 있던 오하라가 격분해서 외쳤다.

"로렌은 내 거야!"

"아니, 난 내 건데."

로렌은 어이없어하며 오하라의 말에 태클을 걸었다.

"어쨌든 그런 건 됐으니 정신 차렸으면 얼른 수련이나 시작하자고."

"아, 알았어."

스칼렛이 서둘러 대답했다.

스칼렛이 로렌류 용기술을 발동해 공력을 회전시키기 시작했고, 로렌은 거기에 응해 드래곤 하트에서 공력을 뽑아내어 돌렸다.

다음 순간.

펑!

"악!"

폭발음과 함께 스칼렛이 비명을 질렀다.

'아니, 몇 분이나 지났다고.'

1분도 지나지 않았다.

스칼렛이 탈각의 경지에 올랐다.

＊　　　　＊　　　　＊

스칼렛은 완연한 성체 드래곤의 모습이 되었다.

혹시 몰라서 명률법을 풀고 드래곤 모습으로 돌아와 보라고 했더니, 이런 결과에 이른 것이다.

말 그대로 성공적인 결과였다.

"정말로? 이렇게 간단하게?"

일이 너무 쉽게 풀리니 기쁘기보다 오히려 허탈했다. 이렇게 간단한 방법을 두고 멀리 돌아왔다고 생각하니 지난 시간들이 너무 아까웠다. + 나사를 두고 − 드라이버로 풀어보려고 애쓰다가 + 드라이버를 구해와 쉽게 풀어버렸을 때의 기분이랄까.

"간단하게라니! 난 얼마나 아팠는데!"

"고통 없이 성장하지는 못하는 법이지."

스칼렛의 항의에 로렌은 헛웃음을 지었다.

"어쨌든 멜라니에게 추월당하지 않아서 다행이로군."

"으, 음⋯⋯."

그것만큼은 스칼렛도 다행이라고 생각하는지, 더 이상 강하게 항의를 하지는 못했다.

어쨌든 스칼렛이 성체 드래곤으로 성장하게 되면서, 그녀도 그야말로 막대한 열심의 공력을 뿜어낼 수 있게 되었다. 로렌과 달리 뇌심의 경지에까지 이르지 못한 것은 조금 아쉬웠지만, 그것까지 바라는 건 너무 도둑놈 심보다.

불과 1분도 안 되는 사이에 얻은 경지니 말이다.

"어이가 없네."

컵라면도 익히는 데 3분은 걸린다. 이 방법은 그것보다도 간단한 방법이었다.

'아니, 사실 간단한 방법은 아니었지.'

이번 방법을 쓰려고 하다 로렌은 정신 붕괴에 이를 뻔했다. 스칼렛이 손을 잡아줘 극복했지만, 다음에도 같은 해결법이 통하리라는 보장이 없다.

더군다나 말로 설명하는 것도 간단하고 시간도 얼마 걸리지 않았지만, 스칼렛이 탈각의 경지에 오른 건 그동안 쌓아왔던 수련과 밟아왔던 단계가 있었기에 가능한 일이었다.

스칼렛 스스로가 인간 형태를 취한 채로 공력을 다루는 법을 어느 정도 터득하고, 로렌류 용기술도 사용할 줄 알게 되었으며, 그 이심에 어느 정도 공력을 쌓아두었기에 이 방법으로 탈각의 경지에 오를 수 있었다.

조건 중 하나라도 모자랐다면 이번에 탈각하는 건 불가능했으리라.

즉, 이는 화룡점정과도 같은 것이다. 그림의 용을 다 그려두었기에 그 눈에 점을 찍어 승천시키는 것이 가능했듯, 그간 스칼렛이 쌓아온 수련과 경험은 헛되지 않았다.

반대로 말하자면, 멜라니에게도 같은 조건을 만족시키면 그녀도 다시 한 번 탈각시켜 청소년에서 성년으로 이르게 만들 수 있으리라.

시간은 좀 걸리겠지만 방법을 알았으니 됐다. 로렌은 멜라니로 하여금 3년 안에 확실하게 조건을 만족시키게 만들 자신이 있었다.

그렇게 되면 로렌은 동료로 세 마리의 성년 드래곤을 맞이하게 되는 셈이다. 로렌 본인을 포함하면 4개체. 그야말로 확실한 전력 상승이다.

'좋은 게 좋은 거지.'

로렌은 단순하게 생각하기로 했다.

그리고 이 방법에는 약간의 결점이 있었다.

"저기, 로렌. 있잖아, 이쪽 좀 봐줄래."

로렌이 드래곤 모습이 될 때마다 오하라가 치근덕댄다는 점이었다.

　"……."

　로렌은 말없이 사람 모습으로 돌아왔다.

　"왜 벌써 사람으로 돌아왔어? 네 드래곤 모습을 좀 더 감상하고 싶었는데."

　오하라의 투덜거리는 목소리가 들렸다. 로렌은 못 들은 척하기로 했다.

　"저기, 로렌. 나 요즘 좀 이상해진 것 같아. 네 드래곤 모습을 봤더니 인간일 때 네 모습도 섹시해 보여."

　더 이상 오하라의 헛소리를 못 들은 척하기가 힘들었다. 슬레인에게 맡겨둔 옷을 급히 받아 챙겨 입고서, 로렌은 헛기침을 한 번 했다.

　"크흠."

　그런 그를 오하라와… 스칼렛이 뚫어지게 바라보고 있었다.

　"진짜… 라푼젤한테 미안해서 어쩌지?"

　스칼렛이 의미심장한 소릴 했다. 이제는 더 이상 소녀처럼 보이지 않는 몸매의 그녀는 몸이 크면서 마음도 큰 모양이었다.

　"인기 많구나, 로렌. 이것만 보면 네가 이 시대의 용사가 맞는 것 같은데?"

슬레인까지 히죽거리며 이런 소릴 할 정도였으니, 로렌의 심로가 말이 아니었다.

로렌은 최대한 빨리 다르키아 왕국으로 돌아가기로 마음먹었다.

*　　　　*　　　　*

귀로에 오르며, 로렌은 당연히 멜라니를 탔다. 로렌류 용기술을 돌려주기 위해서였다. 이제 멜라니만 성년에 도달시키면 되니, 당연한 선택이었다.

그런 당연한 선택을 두고 스칼렛과 오하라가 투덜거렸다.

"언니, 요즘 멜라니가 건방진 것 같지 않아요?"

"로렌의 총애를 받고 기고만장한 것 같아……. 그것도 한때지. 흥!"

졸지에 시어머니와 시누이가 생긴 셈이 되어버린 멜라니는 어찌할 바를 몰라 했다. 그것도 경애하는 언니와 존경하는 스승님이 이러고 있으니, 아직 자라나는 청소년인 멜라니로선 상심이 클 법도 했다.

로렌은 멜라니의 비늘을 쓸어주며 위로했다.

"신경 쓰지 마, 멜라니. 다들 농담하는 거니까. …농담 맞지?"

"그럼, 당연하지."

"농담이야, 농담."

그렇게 말하면서 로렌의 앞뒤에 각각 끼어 앉은 스칼렛과 오하라가 몸을 밀착시켜 왔다. 다른 의미가 있는 건 아니고 로렌류 용기술의 효율을 높이기 위한 행동이었다.

…그래야만 했다.

"부럽군, 로렌. 나도 그러던 시절이 있었는데."

한때의 용사님은 사실 별로 부럽게 생각하지도 않으면서 그런 소릴 얹었다. 실제로 낄낄대고 있는 태도로 볼 때 로렌을 놀리는 게 분명했다.

그런 가운데, 오로지 모건 르 페이만이 일심불란하게 누룽지를 씹어 먹고 있을 따름이었다.

분위기야 어떻든, 멜라니의 수련은 순조롭게 이뤄지고 있는 중이었다.

로렌은 멜라니에게도 이심을 만들어줄 생각이었다. 지금 로렌 일행의 드래곤들 중에 이심, 즉 드래곤 하트가 없는 건 멜라니뿐이었다. 성년이 되면 자연히 생긴다지만, 그걸 기다릴 시간은 없다.

로렌은 멜라니를 스칼렛과 똑같은 조건을 채워줄 셈이었고, 그러려면 당연히 그녀를 이심의 경지에 올려야 했다. 애초에 이심도 없이 로렌류 용기술을 효율적으로 사용할 수는 없다. 그러니 이심의 경지에 오르는 건 최저한도의 필요 조건이었다.

일단은 성체가 되며 그 공력의 양 또한 막대해진 스칼렛의 뜨거운 공력과 오하라의 짜릿한 공력을 로렌을 통해 잘 배분해 넣고는 있지만, 이것만 반복한다고 이심의 경지에 오를 수 있다는 보장이 없었다.

오하라의 경우야 그냥 나이 먹고 자연히 이심이 생긴 경우고, 스칼렛이 이심의 경지에 오를 땐 테르마이 산의 칼데라 호에서 대량의 뜨거운 공력을 불어넣었다.

오하라와 같은 방법을 쓸 수야 없다. 그러니 스칼렛과 똑같은 방법을 사용하는 게 가장 가능성이 높을 것이다. 그러자면 멜라니도 테르마이 산으로 가는 게 맞을 것이고, 그래서 로렌은 지금 테르마이 산을 향해 가고 있는 중이었다.

'음, 하지만 이게 맞는지 모르겠군.'

오하라는 로렌의 분류로 뇌심의 경지에 올랐고, 스칼렛은 열심의 경지에 오른 셈이다. 왜 이런 차이가 생겼는지에 대해서는 그냥 신경 쓰지 않고 넘어가도 될 일이지만, 로렌은 신경이 쓰였다.

'혹시 드래곤마다 개체 차가 있다면?'

각 인류 종족만큼의 차이가 나지야 않겠지만, 드래곤들은 각자의 비늘 색으로 서로의 태생을 구분한다. 스칼렛은 레드 드래곤에 멜라니는 오닉스 드래곤, 오하라는 골드 드래곤이다. 로렌의 드래곤 형태를 두고 오하라가 미스릴리온 드래곤이라 표현하기도 했다.

혹시 그런 비늘 색마다 쌓이는 공력의 성질이 다르다면 테르마이 산으로 가는 건 완전무결한 시간낭비다. 만약 오닉스 드래곤의 성질이 열심의 공력과 상성이 좋지 않다면 효율이 안 좋은 정도가 아니라 악영향이 생길 수도 있다.

'노파심인가.'

만약 뭐가 잘못되더라도 회귀 주문을 외워서 시간을 되돌리면 수습이 된다.

설령 그렇다 하더라도 로렌은 자신의 가설을 확인해 볼 필요를 느꼈다.

그리 어려운 일은 아니다. 오하라에게 물어보면 되니까.

용의 연대를 살았던 오하라라면 다른 드래곤들에 대한 정보도 갖고 있을 것이다.

그렇게 생각하고 던진 질문이었지만…….

"몰라."

오하라는 실로 간결한 답변을 되돌려 주었다.

"말한 적이 있는지 없는지 기억은 잘 안 나지만, 사실 드래곤끼리는 사이가 그리 좋지 않아. 드래곤 왕들이 내전을 벌여 대었다는 건 말한 적이 있는 것 같군. 그래, 확실하게 말해서 사이가 나빠."

그 이야기는 들었던 기억이 있다. 슬레인에게서 말이다.

"그런데 서로의 드래곤 하트가 어떤 성질인지에 대해 알려 줄 리가 없잖아."

"그건 그렇군."

로렌은 납득했다.

"하지만 뭐, 비늘 색에 따라 각자 특기로 하는 능력이 달랐던 것 같기는 해. 이 정도는 싸우면서 자연히 알게 되는 것이니까."

"음? 그런가. 그렇겠군. 오닉스 드래곤은 정신 능력이었던가."

로렌은 이전에 멜라니에게서 들은 내용을 떠올리며 말했다. 그녀가 알 상태였을 때, 오하라가 텔레파시로 가르쳐 준 내용이기도 했다.

"웅? 아니?"

그런데 그 말한 본인이 아니란다.

"아냐? 그럼 왜 멜라니에게……."

"아, 원래 뭐 가르칠 때는 너 이거 재능 있다고 띄워줘야 잘하잖아."

밑에서 듣고 있던 멜라니가 날개를 삐끗해 등 위에 있던 인원들이 전부 출렁였지만, 모두 너무 자연스럽게 자세를 다시 잡았다.

"거짓말이었군."

"원래 드래곤은 거짓말을 하는 존재야."

"인간처럼 말인가."

"인간처럼 말이지."

어쨌든.

"오닉스 드래곤의 진짜 특기는 마법이야."

"마법이라고?"

"그래, 마법. 뭐, 지금 네가 쓰고 있는 마법이랑은 완전히 다르지만."

용의 연대 시대 엘프들은 마법진을 그리고 마석을 배치해 마법을 사용했다. 별의 몸까지 손에 넣어 마법 서킷의 도움을 받을 필요조차 없는 로렌과는 몇 세대 이상 차이가 날 것이다.

"오닉스 드래곤들은 마법진과 마석 없이도 마법을 쓰는 걸로 유명했지."

"…그럼 내가 쓰고 있는 마법이랑 같은데?"

오하라의 대답에 로렌은 다소 김이 빠져 되물었다. 그러자 오하라가 피식 웃었다.

"그 말은 물과 오줌이 똑같이 액체니 둘은 같다는 소리와 그리 다르지 않아."

"굳이 그런 비유까지 써가며 날 창피 줄 이유가 있어?"

로렌의 말에 오하라는 급히 이야기를 이었다.

"여하튼. 오닉스 드래곤들이 무슨 방법으로 그런 마법을 썼는지는 나도 몰라. 그냥 네가 쓰는 이상한 마법과는 완전히 다르다는 것만 알아."

결국 오하라도 모른다는 소리로 귀결되고 말았다. 그래도 호기심이 생긴 로렌은 계속해서 질문했다.

"그럼 레드 드래곤은?"

앞에 앉아 있던 스칼렛이 귀를 쫑긋 세우는 게 보였다.

"레드 드래곤은 역시 입김이지."

"입 냄새 나는 것처럼 말하지 말아주세요……."

스칼렛이 소극적으로 항의했지만, 오하라는 들은 척도 안 하고 계속 말했다.

"불꽃 냄새 나는 입김이랄까. 굳이 이름을 붙이자면 화염술(火焰術)이라고 할 수 있겠네."

"그렇군. 그럼 골드 드래곤은? 뇌전술(雷電術)인가?"

둘의 공력이 지닌 속성을 생각해 보면 자연스러운 발상이었으나, 그런 로렌의 물음에 오하라는 고개를 가로저었다.

"우리는… 나는 정신 능력이라고 생각해. 사실 오닉스 드래곤도 정신 능력에는 꽤 적성이 있지만 골드 드래곤만 못하지."

"그렇구나."

호기심이 풀린 로렌은 고개를 주억거리며 얻은 정보를 정리했다.

"그럼 멜라니보다 네가 정신 능력이 더 뛰어난 거야?"

"……"

이제까지는 로렌의 질문에 바로바로 대답하던 오하라의 입이 처음으로 막혔다.

"그… 내가 좀… 파티마에서 노느라……"

"그렇구나."

하긴 용의 연대가 끝나고 인류 의회의 자객으로부터 몸을 숨기며 도피 생활을 하는 동안에는 수련할 시간은 변변히 없었을 것이다. 물론 일단 파티마에 들어가게 된 이후엔 여유가 많이 남았겠지만, 사치스러운 생활을 즐기느라 시간이 없었을 것이고.

그러던 사이, 제자였던 멜라니에게 추월당할 수도 있다. 그럴 수도 있는 일 아니겠는가.

한심해하는 로렌의 눈빛에 움찔한 오하라는 변명하듯 다짐했다.

"이제부터라도 수련하면… 될 거야!"

"그렇구나."

로렌은 멜라니의 등을 쓸어주며 말했다.

"열심히 수련했구나, 멜라니."

"달리 할 일도 없었으니까, 헤헤."

로렌의 치하에 멜라니는 쑥스러워했고, 오하라는 격분했다.

"나 내일부터 수련한다! 말리지 마."

"흐음."

로렌은 오하라의 선언을 듣는 둥 마는 둥 하며 혼자 생각에 잠겼다.

오하라의 증언에 따르면 역시 드래곤마다 적성이 다르긴 한 모양이었다. 그렇다면 멜라니에게는 스칼렛과 똑같은 방법이 통하지 않을 수도 있었다. 어쩌면 이렇게 열기와 뇌기가 섞인 공력을 멜라니에게 공급하는 게 그녀에게 악영향을 끼칠 수도 있겠다는 생각도 들었고.

'그럼에도 불구하고 다른 방법이 없으니 이 방법을 쓸 수밖에 없지.'

거기까지 생각한 로렌은 곧 고개를 저었다.

'다른 방법이 없으면, 다른 방법을 만들면 되지 않을까?'

리처드 남작이 말하기로는 로렌에게 열심이 생긴 건 공력의 성질이 바뀌었기 때문이라고 했지만, 그 말은 틀렸다.

지금은 로렌에게 열심과 뇌심, 둘 모두 존재한다. 그리고 로렌은 두 공력의 성질을 바꿔가며 쓸 수 있다. 두 이심 모두 전신에 공력을 전달할 수 있으나, 어느 쪽 이심에 공력을 집중하느냐에 따라 공력의 성질이 바뀌기 때문이다.

그렇다면 이렇게도 생각할 수 있다.

'내 두 이심을 이용하면 열심의 공력과 뇌심의 공력을 정제

해서 원래의 순수한 공력으로도 되돌릴 수 있지도 않을까?'

해본 적은 없지만, 불가능할 것 같지는 않았다.

'아니, 어쩌면 더 괜찮은 게 나올지도 몰라.'

이제까지 이런 시도를 해보지 않은 건 별 의미가 없기 때문이었지만, 지금은 상황이 조금 달라졌다.

'시도해 봐서 나쁠 건 없겠군.'

이런 식으로 일단 무턱대고 시도부터 하다 몇 번씩 죽을 뻔해놓고서도 로렌은 과거 경험으로 배운 게 없는지, 또다시 실험에 나섰다.

'가능하려나?'

로렌은 앞뒤로 밀착한 스칼렛과 오하라로부터 전달되는 열심의 공력과 뇌심의 공력을 걸러내어, 순수한 공력을 만들어 보려고 시도했다.

그 시도는 절반의 성공이라는 결과를 거두었다. 시작이 반이다, 라는 격언에 따른다면 말이다.

스칼렛에게서 전달되는 공력의 열기를 아주 약간, 그리고 오하라로부터 넘겨받은 공력의 뇌기를 미미하게 덜어내는 데 성공했다.

'첫술에 배부를 순 없군. 하지만 가능하다는 게 중요하지.'

이것도 하다 보면 늘겠지. 그렇게 생각한 로렌은 계속해서 시도했다. 그러다 보니 약간씩이나마 더 많은 양의 열기와 뇌기를 덜어낼 수 있게 되었다.

그렇다면 그 덜어낸 열기와 뇌기는 어디로 갔을까?

막 시작했을 때는 로렌도 몰랐지만, 계속하다 보니 로렌도 눈치를 챌 수밖에 없어졌다.

'내 열심과 뇌심에 열기와 뇌기가 쌓이고 있어.'

에너지 보존 법칙에 의해 걸러낸 열기와 뇌기가 어디 가지 않고 로렌의 체내에 그대로 남았다. 그것도 공력이라는 힘이 아닌 그냥 열과 전류가. 이런 걸 계속 몸에 쌓아두다 보면 뭔가 건강에 안 좋을 것 같다는 느낌에, 로렌은 적당히 어디다 흘러내리려고 했다.

다음 순간, 어떤 아이디어 하나가 로렌의 뇌리를 스치고 지나갔다.

'이것도 어디다 써먹을 수 있지 않을까?'

꽤나 추상적인 아이디어였지만, 로렌은 곧 그 아이디어를 실현시키기 위한 수단을 떠올렸다.

지금은 탈란델 밑에서 각인기예를 배우겠다고 열심히 구르고 있을, 한때는 란체 드워프 용병이라고 스스로를 규정했던 '축복받은 자', 몬트리올.

몬트리올은 마법을 동경했던 나머지, 마법이라는 힘을 억지로 구현해 내기 위한 도구를 축복으로 받았다. 그 도구이자 능력이 바로 [주물(Cast)]이었다.

별의 영역에 생성된 그 도구는 각인의 힘을 마력으로 변환하고 화염 폭발의 마법 서킷으로서도 작동해, 결과적으로 몬트리올로 하여금 화염 폭발을 사용할 수 있게 만들어주었다.

몬트리올로서는 유감이겠지만, 별의 영역에 오른 로렌은 자신의 별의 몸을 주물럭거려 그 [주물]과 유사한 것을 만들어 낼 수 있었다. 물론 대마법사인 로렌이 [주물]이라는 지극히 비효율적인 도구를 사용할 필요는 없기에 지금 이 순간까지 잊어버리고 있었지만 말이다.

그런데 하필 지금 이 [주물]을 떠올린 이유는 다음과 같다.

'주물은 각인의 힘을 화염 폭발로 바꿀 수 있지. 그렇다면 그 반대도 가능하지 않을까?'

열심의 공력을 걸러내고 남은 잔여물인 열기를 주물의 반대편에 삽입하면 각인의 힘으로 변환해 추출해 낼 수 있지 않을까? 라는 게 로렌의 발상이었다.

일단 생각이 났으니 한번 해보기로 했다.

주물을 마지막으로 본 지도 세월이 좀 흘러 잘 기억은 안 나지만, 로렌은 어떻게든 기억을 되살려 별의 몸을 움직여 주물의 형태로 바꾸었다.

그리고 원래대로라면 주물의 배출구가 될 곳에 억지로 열기를 밀어 넣었다.

'잘 안 되는데.'

애초에 지금 열기와 뇌기를 공력으로부터 분리해 내고 정화해 내느라 정신을 집중하고 있는데, 또 다른 익숙하지도 않은 작업을 동시에 하려니 잘되지 않았다.

'나중에 하자.'

그래서 로렌은 일단 별의 몸은 다시 원래 형태로 되돌려 두고, 축적되는 열기와 뇌기는 열심과 뇌심에 쌓아둔 채로 공력을 걸러내는 작업에만 집중했다.

"뭔가 편해졌어."

멜라니가 말했다. 그녀가 몸으로 느낄 수 있을 정도로 걸러낸 공력에 차이가 생겼다는 방증이었다.

"그래?"

"응."

주목할 만한 결과를 얻은 로렌은 한층 더 집중력을 발휘했다. 그럼으로써 더 많은 열기와 뇌기를 걸러낼 수 있게 될 터였다.

'슬슬 부담스럽군.'

공력 정제의 효율이 올라갈수록 열심과 뇌심에 쌓이는 열기와 뇌기의 양도 많아질 수밖에 없다. 이제는 슬슬 어디다 버리거나 조금 전에 떠올렸던 아이디어를 실행해 보는 게 좋을 것 같았다.

"오늘은 여기까지 하자. 멜라니, 쉬었다 가자."

"어? 로렌이 웬일로?"

한때는 식사와 수면도 걸러 가며 수련에 힘썼던 로렌의 태도 변화에 드래곤들은 수상해했지만, 로렌은 그런 그녀들의 의구심을 해결해 줄 생각이 없었다.

로렌은 일단 스칼렛과 오하라로부터 전달되어 오는 공력의 흐름을 끊어내고, 다시 주물을 창조해 뒤집어놓은 후 그곳에 열기와 뇌기를 밀어 넣었다.

"......!"

급한 마음에 열기와 뇌기를 함께 밀어 넣어서였을까, 아니면 로렌이 미처 눈치채지 못한 다른 원인이 작용한 것일까.

주물에서 뿜어져 나오는 기운은 각인의 힘이 아니었다.

"이건… 뭐지?"

마력도 아니고 공력도 아니었으나 그 두 가지를 모두 닮았다. 그런데 각인의 힘조차 아니다. 로렌은 그 힘을 제어하려 해보았다.

"......"

제어가 가능했다.

뭔지 모르는 처음 보는 힘인데 자신이 통제할 수 있는 힘.

"로렌! 뭐야, 너?"

슬레인이 갑자기 놀란 듯 큰 목소리로 로렌을 불렀다.

"왜 마기(Evil force)를 다루고 있어?"

"마기?"

"그래! 마기는 그 자체로 독이야!! 얼른 버려! 에이, 지지!!"

슬레인은 로렌에게 애들이 더러운 걸 손에 쥐었을 때나 하는 소릴 했다. 어쨌든 자기보다 수천 살씩이나 많은 어르신인 건 사실이니 로렌도 딱히 불만을 드러내진 않았다.

대신 로렌은 마기를 손 위에 휘리릭 모아 내보이며 슬레인에게 이렇게 말했다.

"마기가 뭔지 좀 더 설명해 줘, 슬레인. 뭔지는 알고 버려야겠어."

"뭐야, 너… 그 마기를 통제할 수 있는 거냐?"

"응."

로렌의 대답을 들은 슬레인은 한숨을 푹 내쉬었다.

"어디서 이런 괴물이……."

"왜? 뭔데?"

"먼저 네가 기뻐할 만한 이야기를 해주마, 로렌."

슬레인은 표정을 굳히며 딱딱한 목소리로 말했다.

"넌 저주에 재능이 있어."

*   *   *

쉽게 말해 마기란 그 자체로 생명체를 쇠약하게 만드는 힘으로, 저주의 재료다. 저주와 해주를 업으로 삼는 주술사들이 저주를 걸기 위해 모으는 힘이기도 했다.

"잠깐."

로렌은 손을 들어 슬레인의 말을 멈췄다.

"주술사들은 주술력을 쓰지 않나?"

주술력이라는 단어는 슬레인의 입에서 나온 말이다.

마법사가 마법을 사용하기 위해 필요로 하는 힘은 마력, 기사가 기사도를 사용하기 위해 필요로 하는 힘은 공력. 이런 논리의 연장선상에서 로렌은 주술사가 주술을 사용하기 위해 필요로 하는 힘을 주술력이라 이해했다.

그런데 지금 와서 마기라니.

"맞아."

슬레인은 시원스럽게 인정했다.

"보통 주술사들은 마기를 외부에서 구해. 자기 몸 안에 담아두는 경우가 없어. 그 마기를 어디서 구하는지 알아? 알게 되면 기절초풍할걸?"

"어떻게 구하는데?"

"산 제물의 피, 사형수의 정액, 갓난아기의 해골에서."

그렇게 키워드 셋을 늘어놓은 후, 슬레인은 하나하나 설명하기 시작했다. 하나같이 소름 돋는 이야기였다.

"산 제물은 인간이나 인류가 아니어도 상관없지만, 어린 것일수록 좋아. 저주를 걸 대상과 비슷한 생물일수록 좋고. 사형수는 목을 매달아 죽인 것이 가장 좋아. 영 상황이 여의치 않으면 목매달아 자살한 젊은 청년의 것도 괜찮지. 갓난아기의 해골은 오래되어선 안 돼. 죽은 지 얼마 되지 않은 갓난아기의 머리 가죽을 벗겨낸 것이 가장 좋지."

로렌은 그 말을 듣고 기절초풍하지는 않았지만, 갑자기 자신의 손 위에 올라와 있는 마기가 더럽게 느껴졌다. 같이 듣고 있던 드래곤들도 함께 미간을 찌푸릴 정도였다. 그것은 생물로서 당연히 가져야 할 혐오감이었다.

"맞아, 마기는 더러워."

이번에도 슬레인은 속 시원히 인정했다.

"더군다나 몸에 안 좋기까지 하지. 그러니 주술사들이 마기를 멀리하는 거야."

"하지만 저주를 걸기 위해서는 필요하다?"

"그렇지."

슬레인의 어투는 진지했다.

"머리에 가까이하면 사람을 미치게 만들고, 심장에 두고 있으면 심장이 느려지다가 멈춰. 팔다리에 두면 저릿저릿하다가 마비가 오고, 하반신에 두면 발기부전이 돼. 이것들은 전부 일반적인 저주의 효능이지. 그리고… 노화의 증상이기도 해."

흥미로운 이야기였기에 로렌은 귀를 기울였다.

"왜 마기를 산제물의 피에서, 사형수의 정액에서, 갓난아기의 해골에서 구하는지 알겠어? 그건 물론 마기가 죽음의 힘이어서 이기도 하지만, 꼭 그 때문만은 아니야. 늙어 죽은 자의 시체에서 마기를 얻어내는 주술사는 없어."

그제야 로렌은 왜 슬레인이 마기를 목격하자마자 '에이, 지지'라 했는지 알았다. 이유는 바로 그것이 마기를 가리키는 가장 적절한 표현이기 때문이다.

"눈치챈 모양이군. 맞아, 마기는 '미처 늙어 죽지 못한 자'의 잔여물이야. 희생물을 완전히 잡아먹지 못해 굶주린 노화의 힘이지. 그런 걸 곁에 두고 있어봐. 가까이 있는 것부터 잡아먹으려 들걸?"

로렌은 자신의 손 위에 있는 마기를 바라보았다. 지금은 로렌의 제어하에 놓여 뱅글뱅글 돌고 있지만, 이것들은 언제고 틈만 생기면 로렌을 습격하려 들었다.

"아무리 마기 관리를 잘하는 주술사라 하더라도 저주를 다루는 이상 마기의 영향은 어느 정도 받을 수밖에 없고, 그 때문에 주술사들은 쉽게 늙어. 대신 오랫동안 저주를 다루지 않은 채 마기를 다루는 법과 피하는 법을 어느 정도 깨달은 주술사들은 아주 오래 살지."

거기까지 들은 로렌은 더 이상 망설이지 않았다. 그는 마기를 한데 뭉쳐 되도록 멀리 던졌다.

슬레인은 로렌이 그러고 나서야 미소를 되찾았다.

"네겐 주술을 되도록 빨리 가르치는 편이 낫겠어."

"나도 방금 그런 생각이 들었어."

이상한 경위로 마기를 정제하는 법을 깨닫게 되었지만, 별로 기쁜 마음은 들지 않는 게 솔직한 심정이었다.

*　　　　　*　　　　　*

슬레인은 로렌에게 어떤 경위로 마기를 얻게 되었는지 물었고, 로렌은 텔레파시까지 활용해 가며 되도록 상세하게 대답했다.

"아, 그렇군. 알겠어."

슬레인은 생글생글 웃으며 말했다.

"불꽃과 번개는 모두 생명력 넘치는 힘이야. 그걸 [주물]을 통해 반전(reverse)시켰으니 가장 죽음에 가까운 힘인 마기로 변환된 것이겠지."

"그러고 보니… 그렇군."

로렌은 김진우 시절 얻었던 배움을 떠올렸다.

물속에 번개가 침으로써 산소가 생겨났고, 그 산소로 양분을 태워 에너지를 얻는 생물이 등장했으며, 그리하여 지구 표면을 생명이 뒤덮게 되었다는 이야기였다. 그 이야기가 맞다면 확실히 불꽃과 번개가 생명의 원천이라는 소리가 된다.

"흠… 그렇다면 마기를 괜히 버리라고 했네?"

"뭐?"

슬레인의 입에서 튀어나온 의외의 말에 로렌은 눈을 휘둥그레 떴다.

"혹시 말이야, 그 주물을 두 개 만들 수 있어?"

"어, 응. 어렵지 않아."

"그렇다면 마기를 주물에 다시 한 번 걸러내면 새로운 결과가 나오지 않을까 해서."

설득력이 있었다.

"만약에 이야기지? 확실한 건 아니지?"

"당연하지. 난 그런 거 몰라. 별의 영역이니 뭐니…… 그게 다 뭐야?"

슬레인은 먼 곳을 바라보며 말했다.

"수천 년 지나는 동안 세상은 많이 발전했구나."

정말 당연한 이야기였다.

어쨌든 슬레인이 말한 발상은 한번 실험해 봄직한 것이었기에, 로렌은 다시 스칼렛과 오하라를 불렀다. 그녀들은 기다렸다는 듯 로렌에게 들러붙었다.

그리고 실험 결과.

놀라운 성과물이 나왔다.

*　　　　*　　　　*

로렌이 한 실험은 이렇게 이루어졌다.

별의 몸으로 두 개의 주물을 만든 후 중간에 마기가 새어 나오지 않도록 단단히 이어붙이고 정제한 열기와 뇌기를 일대일의 비율로 섞어 통과시켰다.

말로 하자면 간단하지만, 태어나서 처음 해보는 짓이었기에 로렌은 꽤나 여러 번 시행착오를 겪었다.

한 번은 마기가 새어 나올 뻔해서 로렌이 서둘러 모아다 집어 던지는 사고도 일어났다.

잘못했으면 여기 있는 전원이 늙어 죽을 판이었다고 슬레인은 회상했다. 천 년 이상 사는 드래곤이 늙어 죽을 정도라니. 로렌은 말도 안 된다고 생각했지만 자신이 잘못한 것이기에 반론 같은 건 하지도 않았다.

그런 게 중요하진 않았다.

중요한 건 실험의 결과물이었다.

"굉장해……! 생명의 힘이 가득해!!"

생명의 힘. 로렌은 이 힘의 성질에 대해 잘 알고 있었다. 상처를 치유하고, 장애를 고치고, 어린이를 장성케 하고, 늙은이에게 활기를 다시 가져다주는 힘. 완전케 하는 빛.

"그래, 이건… 엘리시온의 경이의 빛!"

로렌은 인공적으로 신의 연대에 만들어진 기물의 힘을 정제해 내고 만 것이었다.

엘리시온의 경이가 뿜어내는 빛의 힘은 멸망의 때에 출현할 괴물들의 독과 역병, 저주를 정화할 수 있는 정말 몇 안 되는 수단 중 하나였다.

그래서 더더욱 남용하게 되고, 금방 소진되고 만다.

로렌이 최전선에서 활약하기 위해 엘리시온의 경이 파편을 모아들이긴 했지만, 그것만으로는 괴물과의 기나긴 싸움을 이겨내기엔 턱없이 부족하다는 것은 그도 잘 알고 있었다.

로렌이 엘리시온의 경이를 합쳐 더 크게 만드는 이유는 경이 발동에 필요한 '고귀함'을 줄이기 위해서였다. 큰 엘리시온의 경이일수록 적은 고귀함을 사용해도 같은, 혹은 더 좋은 효과를 얻을 수 있으니까.

그렇다 한들 고귀함은 언젠간 소진된다. 마력이나 공력같이 어떤 행동을 통해 다시 회복시킬 수 있는 부류의 자원이 아니었다. 애초에 고귀함을 어떻게 하면 벌어들일 수 있는지조차 제대로 모르는 상황이다.

노예인 로어 엘프들을 해방시킴으로써 대량의 고귀함을 축적할 수 있다는 건 알아냈지만, 대륙 북부의 로어 엘프들은 대부분 해방된 상태고 이 방법만으로 고귀함을 채워 넣겠다고 계획을 짜는 건 지나치게 비현실적이다.

그러니 엘리시온의 경이의 효과를 인공적으로 합성해 낸 이번 시도는 그야말로 인류에게 있어 커다란 진보라 할 수 있었다.

고귀함이라는 애매모호한 자원에만 기대지 않고, 숨만 쉬어도 자연스럽게 모이는 공력을 정제해서 빛의 힘을 흩뿌릴 수 있게 되었으니 말이다.

"뽀뽀라도 해주고 싶군, 슬레인!"

그러니 로렌은 이렇게 크게 기뻐하는 것이다.

"그러지 말고 나한테 뽀뽀해, 로렌!"

슬레인에게 뽀뽀하려는 로렌에게 오하라가 달려드는 사고가 일어나긴 했지만 어쨌든 일행은 다 같이 기뻐했다. 드래곤들은 잘 모르고 로렌이 좋아하니까 같이 좋아하는 것 같긴 했지만 말이다.

"빛의 힘이라 부르겠어."

엘리시온의 경이에서 나오는 빛과 유사한 힘, 이라는 긴 수식어를 줄이기 위해 로렌은 그렇게 명명했다. 다소 간지럽고 유치한 작명법이긴 했지만, 멸망의 때에는 정말 마음에 와 닿는 이름이 될 것이다.

"아무나 못 쓴다는 게 정말 아쉬워. 만약 이걸 다른 사람들도 사용할 수 있다면 멸망의 때에 정말 큰 도움이 될 텐데……."

빛의 힘을 정제해 내기 위한 기본 조건으로, 마법은 별의 영역에 이르러 별의 몸을 자기 마음대로 조작할 수 있어야 하고 기사도는 열심과 뇌심 모두 가지고 공력의 속성을 정제할 수도 있어야 한다.

말이야 쉽지만 말도 안 되는 조건이다. 일생을 들여도 하나를 이루기도 힘든데, 두 개의 분야에서 세계 최고급의 성취를 이루란 소리니 말이다. 여기까지만도 그야말로 로렌도 두 번에 걸친 전생이 있었기에 도달할 수 있었던 극상의 기예라 할 수 있었다.

그런데 조건이 이걸로 끝나는 것이 아니었다. 로렌조차도 스칼렛과 오하라에게서 열기의 공력과 뇌기의 공력을 받고 멜라니를 타서 로렌류 용기술을 사용해 공력의 압력을 극히 올려야 간신히 빛의 힘 한 줌을 만들어낼 수 있는 정도다.

그래도 향후에 주물을 다루는 숙련도를 더 다듬고 이심에서 뽑아낼 수 있는 공력의 압력을 드래곤 하트급으로 올릴 수 있다면 로렌 혼자서도 빛의 힘을 정제해 낼 수 있게 되리라.

"나도 그건 배워서 써먹겠단 생각을 못 하겠어."

로렌의 설명을 들은 슬레인이 한탄하듯 말했다. 그런 슬레인의 한탄을 듣고, 로렌은 고개를 저으며 말했다.

"아니, 어쩌면 답이 있을지도 몰라."

"답?"

"인류 의회."

애초에 주물은 몬트리올이 인류 의회에게서 축복을 통해 얻어낸 물건이다. 정확히는 물건이 아니라 능력이지만 어쨌든, 인류 의회의 힘을 빌리면 슬레인에게도 주물을 부여할 수 있을지도 모른다.

그렇다면 별의 영역에 이르지 않고도 슬레인도 빛의 힘을 다룰 수 있게 될지도 모른다… 고 했더니 슬레인은 고개를 저었다.

"그건 힘들어."

"응? 왜?"

"난 이미 한 개의 영혼이 받을 수 있는 축복을 다 채워 받았거든."

"아아……."

듣자하니 슬레인도 로렌과 같은 케이스인 모양이었다. 로렌도 이미 예카테리나에게서 일신에 받을 수 있는 축복을 다 받아 더 이상 신탁을 받을 수 없다는 선고를 받았다.

"아쉽군."

로렌이 입맛을 다시자, 슬레인은 웃었다.

"이 세계에서 온전히 홀로 빛의 힘을 다룰 수 있으면서도 스스로를 용사라 칭하지 않다니, 너도 참 별난 인종이야."

그런 슬레인의 말에 로렌은 뚱하니 대꾸했다.

"용사라는 칭호를 받아봐야 별로 좋을 일이 없잖아."

"그건 또 그런가."

현직 용사인 슬레인은 쉽게 인정했다.

"어쨌든 빛의 힘을 정제해 낼 수 있게 됐으니, 이제 문제가 하나 해결됐군."

빛의 힘에는 생물을 완전케 하는 힘이 있다.

그러니 빛의 힘을 멜라니에게 공급하면 굳이 탈각의 경지에 올리지 않고도 그녀를 성체로 키워낼 수 있다. 드래곤은 성체가 되면 자동으로 드래곤 하트가 생겨 이심의 경지에도 올릴 필요가 없으니 여러모로 수고를 덜었다.

물론 미성년 드래곤 하나를 성체로 키워내기 위해서는 빛의 힘이 꽤 많이 필요하겠지만 뭐 어떤가. 빛의 힘은 어디 쌓아둘 수 있는 것도 아닌데.

로렌 본인의 주물을 다루는 숙련도를 쌓기 위해서라도, 어차피 진행해야 하는 작업이었다.

"하다 보면 되겠지."

결론은 또 이것이었다.

66장
블라드 공화국

다른 것에 집중하고 있다가 목적지와 다른 곳으로 가버리는 게 하루 이틀 일은 아니다. 그리고 이번에도 그런 일이 일어났다.

그렇게 정리할 수 있겠다.

지금 로렌 일행이 온 곳은 블라드 공화국이라 불리는 나라로, 다르키아의 이웃 나라이기도 했다. 이웃 나라라곤 해도 거대한 산맥이 두 국가를 가르고 있어서 교류가 많은 편은 아니었지만 말이다.

대륙 북부에서는 공화국이라 불리는 몇 안 되는 나라이기도 했다. 공화국이라고는 해도 민주주의를 채택한 건 아니고, 독재관이라 불리는 군주가 왕 노릇을 대신하는 체제긴 했다. 말만 공화국이고 그저 혈통으로 군주 자리가 대물림되지 않을 뿐인 사실상의 왕국이었다.

어쨌든 블라드 공화국에서 다르키아 왕국으로 가기 위해선 레뮬로스 왕국 쪽으로 우회하거나, 드높은 다르키아 산맥을 넘어야 했다. 일반적으로는 다르키아 산맥을 넘는 걸 포기하겠지만, 로렌 일행에겐 비행 능력이 있다.

"그런 의미에서 우리가 아주 멀리 돌아온 건 아닌 셈이지."

그렇다곤 해도 원래 목적지가 아닌 곳으로 온 것에는 변함이 없었다.

"기왕 여기까지 오게 된 거, 여기 특산물이라도 맛보고 싶은데?"

스칼렛은 탈각을 해서 성체가 되었음에도 불구하고 식탐은 여전했다.

"그래, 뭐 그러자!"

그리고 그건 로렌도 마찬가지였다.

안 그래도 빛의 힘이라는 또 하나의 큰 성과를 거뒀다. 축배 정도는 들고 싶은 기분이기도 했다.

"블라드 공화국에선 뭐가 유명해?"

"나도 몰라."

스칼렛의 기대에 찬 말에 로렌은 고개를 저었다. 그러자 스칼렛이 놀라 되물었다.

"로렌, 너도 몰라?"

마치 로렌이라면 뭐든지 다 알고 있어야 한다는 것 같은 스칼렛의 어투에, 로렌은 다소 간지러운 기분을 느끼며 변명처럼 말했다.

"블라드 공화국엔 와볼 일이 별로 없어서."

다르키아와 블라드는 서로 이웃 나라지만 산맥 탓에 교류도 없고, 블라드 공화국도 그리 오래된 나라가 아니다.

지난 생의 로렌 하트가 대마법사이자 고고학자였지만 그렇다고 딱히 블라드 공화국에 관심을 둘 이유가 없었다. 정확히는 다른 국가나 지역에 비해 우선순위가 밀린 것이지만, 결과적으로는 같다.

어쨌든 같은 북부 국가이기에 북부 공용어가 통했고, 그냥 길거리를 돌아다니면서 물어보면 되겠다고 생각하며 로렌은 블라드 공화국의 그럭저럭 큰 도시로 가보기로 했다.

"하늘을 날다가, 대충 건물 많고 사람 많으면 내려가자고."

"진짜 모르나 보네."

그런 로렌의 말에 스칼렛은 믿을 수 없다는 듯 혼잣말을 했다.

"뭐, 공화국에 아는 도시가 아예 없는 건 아니야. 그냥 지식으로서 알고 있을 뿐이지만."

"그럼 거기로 가면 되잖아?"

"안 가는 게 좋을 것 같아서."

로렌이 아는 몇 안 되는 블라드 공화국의 도시는 바로 블라델, 블라드 공화국의 수도였다.

블라델까지 가지 않은 건 아무리 교류가 없다지만 대마법사이자 다르키아의 호국경인 로렌, 정확히는 디셈버지만 아무튼 그를 알아볼 사람이 있을 가능성이 전혀 없지는 않았기 때문이다.

비록 적이 먼저 공격해 온 탓이라고는 하지만, 바로 몇 개월 전까지 다르키아 왕국은 공격적으로 영토를 늘려 나갔다. 이런 상황에서 그 다르키아의 대마법사가 블라델에 나타나면 블라드 공화국의 높으신 분들이 어떻게 생각할까?

아무 생각 없이 온 곳인데, 군이 외교적인 문제를 일으킬 필요는 없었다.

"그래도 수도에 제일 맛있는 게 있을 것 같은데……."

"뭐, 지방 도시에도 지방 도시 나름의 매력이란 게 있다고. 이제까진 전부 수도로만 돌아다녔잖아."

지구의 한국에서도 서울보다는 전주가 밥이 더 맛있다는 이야기가 파다했다. 그렇다고 스칼렛에게 지구 이야기를 해줄 수는 없으니, 로렌은 이야기를 살짝 비틀었다.

"다르키아에서도 다르키아델보단 브뤼델 음식이 더 맛있잖아."

"그건 그렇지."

그제야 스칼렛은 납득하며 고개를 끄덕였다.

"아, 저기! 도시가 보여요!!"

그때, 조용히 날개를 퍼덕이고 있던 멜라니가 외쳤다. 그녀의 말대로 도시가 보였다. 마을이라 할 정도는 아니지만, 대도시라고도 할 수 없는 규모의 도시였다.

"좋아, 그럼 착륙하자."

일행은 명률법을 쓴 채 고도를 낮춰, 도시 근처의 숲으로 들어갔다.

*   *   *

"로렌."

도시 입구에 들어서기도 전에 슬레인이 낮은 목소리로 로렌의 이름을 불렀다. 다소 긴장한 목소리인지라, 로렌도 덩달아 목소리를 죽였다.

"왜? 슬레인."

"저 도시, 좀 이상해."

"이상하다고?"

무려 인류의 용사님이 이상하단다. 로렌은 클레어보이언스를 사용해 멀리서 도시 내부를 관찰했다. 그가 보기에는 별달리 이상한 점이 느껴지진 않았다.

"어떤 의미로 이상한지 자세하게 좀 말해줘."

"인간이 아닌 것들이 섞여 있어."

"인간이 아닌 것들?"

로렌은 놀라 다시 도시 안을 들여다보았다. 이번에는 클레어보이언스만 사용한 게 아니라, 진관의 격까지 켰다. 보통은 기계나 건물 등의 내부 구조를 살펴볼 때 쓰는 진관의 격이지만, 인간의 내장을 들여다보지 못하란 법은 없었다.

로렌은 마법사로서 온갖 지식을 흡수해 왔으며, 그중에는 당연히 생물학과 해부학도 있었다. 인간의 내부 구조에 대해서도 그는 매우 잘 알고 있었다.

한참 동안 도시 내부를 관찰하던 로렌은 문득 슬레인의 이름을 불렀다.

"슬레인."

"왜?"

"어떻게 알았지?"

로렌은 그렇게 질문했다.

"그렇게 묻는 걸 보니 너도 눈치챈 모양이로군. 대단해."

"그거 자화자찬이 되는 거 알고 있어?"

"당연하지."

슬레인은 농담처럼 말하면서도, 웃음기 하나도 띠지 않았다. 그만큼 사태가 심각했다.

이 블라드 공화국의 지방 소도시, 왈라키델은 인간이 아닌 것들이 지배하고 있었다.

이 시대는 인류 연대고, 이 대륙은 이미 인류의 것이다. 마지막 반인류 종족으로 꼽히던 오크조차도 엘리시온 왕국 전쟁을 계기로 인류 사회에 편입되어, 완전한 인류의 시간이 찾아왔다.

그러나 이 말이 곧 인류 외의 존재가 완전히 절멸했다는 의미로 이어지지는 않는다.

높은 산악, 깊은 숲속, 늪지와 사막, 인류의 발이 닿지 않는 곳에 그것들은 아직도 남아 있다.

마물(Monster).

평범한 동물이나 야수라면 마물이라 불리지도 않는다. 인류에게 우호적이거나 적어도 무관심하다면 다른 이름이 붙었을 것이다. 마물이라는 명칭으로 불리기 위한 최저한도의 기준이 바로 인류에 대한 적의와 공격성, 그리고 위험성이다.

인류와의 공생이 불가능한 존재. 그런 존재만이 마물이라는 명칭을 받을 자격이 있다.

그리고 그러한 마물들 가운데 가장 위험한 것들이 바로 흡혈귀였다.

각각의 개체가 지닌 전력만을 따지자면 흡혈귀가 가장 위험하다는 타이틀을 가져가지는 않았을 것이다.

흡혈귀는 인류의 언어를 따라 할 줄 알며, 인류의 모습을 취할 줄 알고, 이런 자신들의 특성을 이용해 인류 사회 속에 숨어들 수 있다. 지능도 높은 편이라 속임수와 함정, 때로는 이간질과 기만술, 협잡질 등의 모략과 술책을 쓰기도 한다.

전투력이 낮은 것도 아니다. 이해할 수 없을 정도로 강력한 근력을 지녔고, 신체의 내구도도 높아 잘 다치지도 않는데 작은 생채기 정도는 금방 회복시켜 버릴 정도로 빠른 재생 능력도 갖추고 있다.

여기에 다양한 특수 능력까지 지녔다.

자신이 피를 빨아 죽인 시체를 구울(Ghoul)이라는 또 다른 마물로 변모시킬 수도 있고, 인간에게 자신의 피를 주입해 자신의 명령을 절대적으로 따르는 하위 흡혈귀로 만들어 부릴 수도 있다.

이뿐만이 아니다. 흡혈귀의 시선에는 대상을 위압하고, 공포 속에 몰아넣고, 매혹시키는 능력까지 깃들어 있다. 흡혈귀 앞에 서기만 해도 심신이 나약한 인간은 뱀 앞에 선 쥐처럼 굳은 채 잡아먹힌다.

이래서 흡혈귀를 말살하기란 매우 힘들다. 다 잡았다고 생각했는데 하위 흡혈귀 하나가 남아서 수를 불릴 수도 있고, 동료였던 인간이 갑자기 매혹당해 적으로 돌아설 수도 있다. 인류 사회의 그림자 속에 숨어 암약하는 마물, 그것이 바로 흡혈귀의 가장 위험한 점이다.

"하지만 그 흡혈귀조차도 인류의 용사 앞에서는 모습을 완전히 감출 수 없었군."

로렌은 탄식하듯 말했다.

"그런 식으로 말하지 마. 저놈들에게 자비의 여지가 남아 있는 것처럼 말하지 마."

그에 비해 슬레인은 살기를 감출 마음이 없는지 흉흉하게도 말했다.

"모조리 썰어버려야 해. 그것도 단번에."

괜히 용사가 아닌지, 슬레인은 마물에 대한 적개심을 숨기지 않았다.

"종양 같은 놈들. 하나라도 남기면 다시 세를 불려서 오지."

"뭐, 다행히 네게는 인간과 흡혈귀를 구분하는 능력이 있잖아."

로렌은 웃으며 말했다.

"만약 네가 없었다면 난 이 도시 전체를 한 번에 증발시키는 방법을 택했을 거야."

로렌에겐 그리 어려운 일이 아니다. 그리고 그게 쉽고 빠르고 확실한 방법이었다. 그 방법으로 인해 무수히 생길 무고한 희생자들의 목숨만 아니라면, 로렌은 저 도시에 흡혈귀들이 횡행하는 걸 알게 된 순간 그 즉시 도시 전체를 증발시켜 버렸을 것이다.

"…그게 가능한가?"

"응."

슬레인은 얼빠진 목소리로 물었지만, 로렌은 가볍게 대답했다. 그게 가능하냐 아니냐는 지금 중요한 이야기가 아니었다. 로렌 일행에겐 다른 방법이 있고, 그들은 그 다른 방법을 실행할 테니까.

"그보다 나한테도 흡혈귀와 인간을 그렇게 간단히 구별하는 방법을 가르쳐 줬으면 하는데."

그렇기에 로렌은 슬레인에게 이렇게 요청했다.

로렌 또한 진관의 격을 사용해 흡혈귀과 인간을 구분할 수 있긴 하지만, 그가 사용한 방법은 대상의 내장 속을 관찰해 판정을 내리기에 직관적이지 않았다.

흡혈귀나 흡혈귀가 된 인간은 위장이 없거나 심하게 쪼그라들고, 그 자리를 대신 피 주머니라 불리는 특수한 내장이 채운다. 로렌이 저 도시에 흡혈귀가 횡행한다는 걸 깨달은 것도 진관의 격으로 이 내장의 존재를 발견했기 때문이었다.

피 주머니는 겉보기에는 위장과 크게 차이가 없기에 안에

든 내용물로 구분해야 하는데, 피를 잔뜩 마신 흡혈귀와 와인을 잔뜩 마신 인간을 구분하기가 난감했다.

몇 초간 응시하면 금방 알 수 있긴 하지만, 이제부터 흡혈귀들의 목을 날리러 갈 텐데 한 마리마다 몇 초씩 할애하기엔 시간이 너무 아까웠다.

"방법을 알려주는 건 당장은 어렵지만, 일단 지금 당장 효과를 발휘하는 법은 알고 있어."

슬레인은 그렇게 말했다.

"나도 낚시보다는 생선을 먹는 걸 좋아하지."

로렌이 맞받았다.

"대신 조건이 있어."

슬레인은 로렌의 농담에도 음울한 목소리로 이렇게 말했다.

"아무리 지금은 마물이 되었다 한들, 원래 인간이었던 자들의 목을 날리는 임무를 드래곤들에게 주고 싶지는 않군."

원래 인간이었던 자들. 하위 흡혈귀와 구울들을 뜻하는 말이었다.

슬레인의 심정을 이해 못 할 바는 아니었다. 그는 드래곤이 인간의 적이었던 시대를 살았다. 아무리 그 분노가 세월에 다소 풍화되었다 한들, 찻잔 속에 덜 녹아 남은 설탕 덩어리처럼 까슬거리는 잔여물을 남겼으리라.

그렇기에 로렌은 고개를 끄덕였다.

"알았어."

로렌은 드래곤들에게 고개를 돌려 말했다.

"스칼렛, 멜라니, 오하라, 너희는 잠깐 물러서 있어. 금방 처리하고 올 테니까."

로렌의 말을 들은 스칼렛은 의기양양하게 웃었다.

"들었지? 날 가장 먼저 불렀어."

로렌은 더 이상 드래곤들의 아웅다웅에 끼어들지 않기로 마음먹었다.

*   *   *

슬레인은 로렌에게 영안(靈眼)이라는 영능을 부여시켜 주었다.

"영안을 뜨게 되면 영체를 볼 수 있게 되지. 인간과 흡혈귀의 영체는 확연히 다르니, 내가 부여해 준 영안으로 쉽게 구분할 수 있게 됐을 거야."

확실히 그랬다. 영안으로 본 인간과 흡혈귀는 완전히 달랐다. 인간은 각자 크기는 다르나 분명 인간의 형태를 취한 오라 같은 것을 두르고 있었으나, 흡혈귀는 인간의 형태지만 그들을 둘러싼 형체는 인간과 짐승의 중간 같아 보였다.

왜 슬레인이 이 도시의 입구를 멀리서 본 것만으로 인간의 도시가 아니라고 했는지 금방 알 수 있었다.

"흐음, 가만."

로렌은 클레어보이언스를 켰다. 진관의 격과 마찬가지로 클레어보이언스와 영안이 동시에 기능하는지 알아보기 위해서였다.

"오, 오오!"

그리고 그 결과는 '가능하다'였다.

"좀 서두르지, 로렌. 지금도 저 마물들에 의해 희생자가 생길지도 몰라."

"나도 그렇게 생각해."

로렌은 슬레인의 말을 듣고도 움직이지 않았다.

"…로렌."

쾅!

폭발음이 들린 건 슬레인이 슬슬 혼자서라도 움직이리라 마음을 먹었던 그때였다.

"기다려 봐, 슬레인."

로렌은 폭발음을 듣고도 아무렇지 않은 듯 말했다.

그야 당연했다. 폭발을 시킨 건 로렌이었으니. 클레어보이언스와 영안의 콤보로 흡혈귀들이 몰려 있는 곳을 알아낸 그는 그 자리에서 염동력을 사용해 작은 돌을 움직여 지면에 마법진을 그린 후 마력을 전송했다.

용의 연대의 마법과 정신 능력의 조합으로 만들어진 원격 테러.

그 결과가 이거였다.

펑! 쾅!!

도시 곳곳에서 폭발이 일어나고 있었다. 건물 안으로 숨어 들어 가든, 지하로 내려가든, 폭발을 피할 방법은 없었다. 로렌이 클레어보이언스, 원견투시(遠見透視)의 정신 능력으로 다 보고 있었으므로. 도망치면 도망친 곳에 폭발을 일으키면 됐다.

꺄아아악! 으아아아악!!

갑작스러운 테러에 비명 소리가 들려왔으나, 로렌은 작업에만 집중할 뿐이었다.

인간과 흡혈귀가 섞여 있는 곳에는 마법 화살이 쏟아져 내렸다. 정확하게 흡혈귀만을 꿰뚫는 마법에, 흡혈귀들도 슬슬 지금 무슨 일이 일어나고 있는지 알아챌 때가 되었다.

"이제 도시 밖으로 도망쳐 나오는 흡혈귀 놈들을 썰어 없애고, 보스 잡으러 가자."

로렌은 환하게 웃으며 말했다.

*　　　　　*　　　　　*

로렌이 방문한 블라드 공화국 동부의 도시 왈라키델은 일백에 달하는 숫자의 흡혈귀에 의해 지배당하고 있었다.

오늘 오전까지만 해도 그랬다.

지금은 아니다.

로렌은 점심을 먹기 전에 흡혈귀들을 섬멸시켜 버렸다. 흡혈귀 일백 마리는 물론이고 그 흡혈귀들이 만들어낸 일천 마리의 하위 흡혈귀와 그 하위 흡혈귀가 피를 빨아 죽여 멋대로 번식한 일만 마리의 구울 전부를 다시는 움직일 수 없는 상태로 만들어 버렸다.

흡혈귀에 대한 절대적인 공포에 지배당해 가축으로 전락한 무고한 시민들을 구해내고, 공포에 질려 그림자 속에 숨어든 마지막 하위 흡혈귀 한 마리까지 사냥해 냈다.

약간 골치 아팠던 건 흡혈귀에 의해 매혹당한 인간들이었지만, 로렌은 금방 해결법을 찾아내었다. 매혹당한 인간들은 허벅지에든 어디에든 칼 한 번 푹 쑤셔주면 제정신을 찾았다. 자상 정도야 쉽게 치유시킬 수 있는 회복 주문이 있기에 사용할 수 있는 방법이었다.

어쨌든 왈라키델 시민들에게 있어선 가히 세계 멸망급의 위기였을 흡혈귀 문제는 로렌의 방문으로 인해 너무나도 간단하게 해결되고 말았다.

*   *   *

"나의 왕국이 이리도 쉽게 무너질 줄이야."

일백의 흡혈귀, 일천의 하위 흡혈귀, 일만의 구울 위에 군림하던 왈라키델의 군주. 스스로를 엘더 뱀파이어 체페쉬라 소개하던 흡혈귀가 허망한 듯 중얼거렸다.

엘더라는 칭호가 어울리지 않을 정도로 젊어 보이긴 했지만, 타인의 생명을 빨아들여 젊음을 유지했을 거라 생각하니 구역질만 나왔다.

아름다운 금발에 티 하나 주름 하나 없는 깨끗한 피부, 혈색 좋은 붉은 입술. 보통 다른 흡혈귀들은 창백하다는 인상을 줬지만, 이 흡혈귀 군주는 얼마나 사람들 피를 잘 빨아 먹었는지 혈색이 거의 인간처럼 보였다.

대단히 화려한 문양이 금실로 수놓인 검은 벨벳 옷을 전신에 둘렀고, 머리에는 섬세하게 세공된 금관을 써 옷차림만 보자면 어느 왕국의 국왕쯤은 되어 보였다.

황금 장식이 눈에 띄는 부드럽고 고급스러운 사슴 가죽신과 장갑은 이 마물의 사치스러운 성격을 익히 알 수 있게 해준다. 몸에 두른 모든 게 최고의 직공의 손에 의해 만들어진 것이 확실한 것들뿐이었다. 아마도 공포와 매혹을 이용했으리라.

그런 화려하고도 고급스러운, 예술적이라고 해도 좋을 법한 벨벳 옷에는 아깝게도 구멍이 뚫렸고 대량의 피가 묻어 있었다. 구멍의 부위는 심장께.

체페쉬의 심장에는 커다란 말뚝이 박혀 있었다.

로렌이 박은 것이었다.

"왕국 좋아하네. 규모로 따져보면 기껏해야 도시국가지."

로렌은 엘더 뱀파이어의 심장에 박힌 말뚝 위에 발을 올리며 말했다.

"끄어어어억."

심장을 꿰뚫린 흡혈귀가 고통스러운 비명을 내질렀다.

"굉장한 재생 능력이로군. 심장을 꿰뚫리고도 살아 있다니."

로렌은 뒤를 돌아보았다. 그의 시선을 받은 슬레인이 살짝 미소 지었다.

"가능해?"

"물론이지."

슬레인의 대답을 흡족하게 받은 로렌은 약간의 마기를 추출해 슬레인에게 건넸고, 슬레인은 그 마기를 받아 흡혈귀에게 밀어 넣었다.

저주였다.

"이제 너는 내게 충성을 바쳐야 한다. 모든 질문에 성실히 답하고 모든 명령에 성실히 임하라. 만약 내 명령을 어기거나, 거짓을 고하거나, 내게 악심을 품는다면 이 저주는 널 영원히 죽이지 않은 채 무한히 늙게 만들 것이다."

용사가 입에 담은 것이라고는 생각할 수 없을 정도로 사악하고 잔혹한 말들이었지만, 슬레인은 아무렇지도 않게 말했다.

하긴 상대는 최소한 일만 명 이상을 죽인 마물이다. 일말의 자비심조차 가질 필요가 없고, 가져서도 안 되는 상대다.

"내, 내가 그런 허풍에… 끄아아악!!"

20대 중반처럼 보였던 체페쉬의 얼굴이 순식간에 40대의 얼굴로 변해 버렸다. 반짝이던 금발도 푸석거리는 노란 머리로 변해 버렸다.

로렌은 체페쉬의 방에 있던 수많은 금붙이 가운데 놓여 있던 은거울을 떼다가 그에게 보여주었다. 자신의 모습을 확인한 체페쉬의 손끝이 바들바들 떨렸다.

"내가… 내가……! 이런 추한 모습이 되다니!!"

"하, 나르시스트였군. 오히려 잘됐어."

거울을 집어 던지며 로렌은 말했다.

"뭐, 지금 모습이 마음에 들지 않으면 한 번 더 반항을 해봐. 지금보다 더 늙을 테니까."

"으, 으으으……!"

만약 눈물을 흘릴 수 있었더라면 체페쉬는 울었으리라. 하지만 그의 입에서 새어 나오는 건 고통스러운 신음성뿐이었다.

"이째서… 어째서 내게 이런……."

"언젠가 이런 일이 생길 거라고 생각 안 해봤어? 응?"

로렌은 체폐쉬의 심장에 박혀 있던 말뚝을 빼내었다. 그러자 다시 한 번 체폐쉬가 우렁찬 비명을 내질렀다.

심장에 뚫린 구멍에서 피가 꿀렁꿀렁 뿜어져 나오는 것도 잠시, 체폐쉬의 상처는 곧 아물었다. 뱀파이어가 기본적으로 지닌 능력인 재생 능력인데, 누가 엘더 아니랄까 봐 다른 뱀파이어보다 훨씬 강력했다.

"네가 엘더에 오르기까지 얼마나 많은 사람의 피를 빨았는지는 새삼 궁금하지도 않다. 네가 누군가의 눈에 피눈물이 흐르게 만들었으면 너도 언젠가 울게 될 거란 건 알아야지."

체폐쉬는 흡혈귀라 울지도 못하는 걸 알면서도, 로렌은 그렇게 이죽거려 주었다.

로렌의 말을 들은 체폐쉬는 이를 악 물었다. 그의 표정을 들여다 본 로렌은 달콤하게 웃었다.

"저주. 기억 안 나?"

체폐쉬가 로렌 일행에게 악심을 품게 됨과 동시에, 슬레인이 그에게 건 저주가 다시 작용했다.

"끄어어어어!!"

고통과 함께 체폐쉬의 얼굴에 주름이 깊게 새겨지기 시작했다.

"학습 능력이 없는 흡혈귀군."

로렌은 픽 웃었다.

어쨌든 체페쉬의 노화 속도는 점점 느려지고 있었다. 이제는 방금 전처럼 단번에 폭삭 늙지는 않는다.

체페쉬의 마음이 꺾이기 시작했다는 방증이었다.

"자, 그럼 체페쉬! 네가 해줘야 할 일이 있어."

로렌은 쾌활하게 말했다.

"동족을 배신하고 동료를 팔아라. 그게 네가 할 일이야."

체페쉬에게 저주를 건 이유는 다른 게 아니다. 천 년씩 살아남은 엘더 뱀파이어 정도 되면 다른 엘더 뱀파이어나 마물들에 대한 정보를 갖고 있으리라 봤기 때문이다. 로렌은 체페쉬에게서 정보를 끌어내어 이번 기회에 일망타진을 할 계획이었다.

로렌의 진의를 깨달은 체페쉬의 눈 끝이 꿈틀 떨렸다. 동시에 노화의 기운이 그를 조금씩 잠식했다.

체페쉬의 판단은 빨랐다.

"알겠습니다, 마스터. 제가 아는 대로 모든 것을 말씀드리겠습니다."

그러자 체페쉬의 노화가 거짓말이었던 것처럼 뚝 그쳤다.

"좋아. 그럼 안내해라."

로렌은 흡족하게 웃으며 명령했다.

*   *   *

멸망의 때에 골치 아팠던 건 괴물들뿐만이 아니다. 혼란해진 틈을 타 인류의 등 뒤에 칼을 꽂은 마물들도 신경에 거슬렸다.

괴물들은 그 마물들도 공평하게 공격했고 이윽고 멸종시켜 버렸지만, 마물들은 인류에게 쌓인 한이 더 컸던지 괴물들로부터 도망 다니면서도 인류에 대한 공격을 멈추지 않았다.

그 결과, 마물과 인류는 둘 다 멸망했다.

그러니 마물들을 미리미리 소탕하는 건 결코 시간 낭비가 아니었다. 계획에 없던 일이긴 했지만 말이다.

*   *   *

"흡혈귀란 건 정말 두려운 존재로군."

세 마리의 엘더 뱀파이어와 수백에 달하는 그 휘하 흡혈귀들, 수천의 하위 흡혈귀와 수만에 달하는 구울들까지도 싹 쓸어버린 후, 로렌은 머리카락을 쓸어 올리며 그렇게 감상을 털어놓았다.

그도 그럴 만했다.

흡혈귀들은 블라드 공화국의 요직에 앉아 있거나 고위 공무원을 매혹시켜서 부려먹는 식으로 인류의 힘을 이용해 로렌 일행을 사냥하려 들었다.

만약 로렌이 상식적으로 강했다면 살인자로 몰려 공권력에 의해 제압당한 후 처형되고 말았을 것이다. 다행히 그는 상식을 초월할 정도로 강했기에 그런 결말에 이르지는 않았다.

로렌은 자신을 잡아들이려 드는 경찰과 군인들을 반대로 제압하고 공권력을 움직인 고위직까지 습격해 상처를 입혀서 매혹을 풀어버린 뒤, 배후에서 모든 걸 조종하고 있던 흡혈귀를 처리하는 일련의 과정을 단 한 번의 막힘없이 처리했다.

그렇게 로렌은 세 개의 도시를 해방시켰다.

"미치겠군."

반대로 말하자면 인류의 것이라 생각했던 도시 세 개가 사실은 흡혈귀의 소유물이었다는 소름 돋는 진실이 밝혀진 것이었다.

만약 이대로 내버려 두었다면 블라드 공화국 전체가 흡혈귀의 손아귀에 들어가는 사태로 연결될 수도 있었다.

'아니, 그렇지는 않은가.'

멸망의 때에 블라드 공화국 시민들은 괴물들과 마물들의 습격에 맞서 용감히 싸웠다.

만약 블라드 공화국이 흡혈귀들의 손에 들어갔다면 이런 일은 일어나지 않았을 것이다. 지배계급인 흡혈귀들이 뭐 좋다고 인간을 위해 싸우겠는가?

실제로 3년 후, 멸망의 때에 마물들은 괴물들을 피해 다니며 인간을 사냥하기 바빴다. 그 마물들 가운데 흡혈귀가 포함되어 있었음은 이제 와서 굳이 짚을 필요도 없는 진실이다.

그렇기에 이는 곧 블라드 공화국이 스스로의 힘으로 흡혈귀의 음모를 막고 자신들의 존엄을 지켜내었다는 방증이기도 했다.

'이렇게 생각하니 내가 괜히 참견하는 것 같군.'

그냥 둬도 블라드 공화국이 자기 힘으로 극복해 낼 난국이다. 외부인인 로렌이 참견하는 것도 괜한 참견 아닐까? 그렇게 생각할 수도 있었다.

그럼에도 불구하고 로렌은 계속해서 참견할 생각이었다.

모르기는 몰라도 블라드 공화국이 흡혈귀들과 맞서 싸우기 위해서는 적지 않은 피를 흘려야 할 터였다. 그렇지만 로렌이 참견하면 흡혈귀들과 그들에게 매혹당한 사람들의 피만 좀 흘리면 된다.

멸망의 때에는 국가나 종족을 초월해 인류 전체의 힘이 중요해진다. 그러니 로렌으로서도 그냥 못 본 척 넘어갈 수가 없었다.

"자, 체페쉬, 다음 목적지로 향하도록 하지. 어디로 가면 돼?"

체페쉬는 로렌이 생각했던 것보다 훨씬 협조적이었다. 적어도 한 번쯤은 더 반항할 줄 알았는데, 그러지 않고 동족들이 있는 위치와 그들의 술수를 술술 불었다.

"제가 아는 한, 이제 블라드 공화국에 흡혈귀는 존재하지 않습니다."

높임말까지 쓰는 게 아주 이제 보면 로렌의 부하 같아 보인다.

하지만 로렌은 체페쉬를 쉽게 믿지 않았다.

"슬레인."

"체페쉬, 방금 한 말이 사실인가?"

슬레인이 건 저주는 '나에게 충성하라'지, 로렌에게도 충성하라는 조건은 들어 있지 않았다. 그렇기에 로렌이 질문하면 체페쉬는 거짓말을 할 수 있었다. 그리고 로렌은 그 사실을 잘 알고 있었고…….

로렌은 체페쉬의 마음이 정말로 꺾인 건지 확인하기 위해 일부러 함정을 판 것이었다.

"…사실이, 아닙니다."

체페쉬는 바들바들 떨며 말했다. 끄으읍, 하고 그는 이를 꽉 물었다. 저주가 발동한 것이다. 그 탓에 체페쉬가 약간 늙었다.

악심마저도 품어서는 안 된다는 저주는 확실히 가혹한 감이 있었다. 일반적인 방법으로는 쉽게 얻기 힘든 양의 마기를 이용했기에 이 정도의 저주를 걸 수 있었던 것이기도 했다.

"마기를 정제해 낼 수 있다는 게 정말 무섭군. 이런 것까지 가능해지다니."

슬레인은 쾌활하게 말했다. 그에 비해 로렌은 쉽게 웃지 못했다.

'이제부터가 진짜겠어.'

그간 체페쉬가 보여준 협조적인 태도와 지금의 태도 차이로 볼 때, 체페쉬가 사용한 책략은 이것이었다.

가장 효과적으로 거짓말을 하는 방법은 바로 진실을 말하는 것.

즉, 체페쉬가 이제까지 로렌에게 충실히 협조했던 건 이번의 거짓말을 위해서였다.

다소 얕은 수긴 했지만, 그에게 걸린 저주의 성질을 감안하면 체페쉬로서는 최선의 수를 쓴 셈이었다.

여태까지 체페쉬가 로렌에게 알려준 엘더 뱀파이어들은 체페쉬 입장에선 버리는 패였으리라는 추론이 가능했다. 로렌의 신뢰를 얻기 위한 희생물로 선택된 자들. 동족이라지만 라이벌이라 할 수도 있는 자신과 동격의 존재들.

그렇다고 동족을 적인 인류에게 팔아넘기는 것이 부담스럽지 않을 리는 없다. 더군다나 체페쉬는 지금 저주에 걸려 잘못하면 강제로 노화당하는 상태. 거짓말을 하는 것도 부담이었으리라. 그렇게까지 하면서 숨기려고 했던 패가 존재한다.

'그게 뭘까?'

그걸 알아보기 위해 이제부터 체페쉬에 대한 심문을 시작
해야 했다.

슬레인이 말이다.

67장
다르키아 산맥 I

다음으로 갈 곳은 도시가 아니었다. 마을조차도 아니었다.

지도상에는 블라드 공화국의 영토로 표시되어 있었지만, 인류의 발길이 거의 닿지 않는 곳이 로렌 일행의 다음 목적지였다.

다르키아 산맥.

빼곡하니 우거진 삼림과 석벽처럼 앞을 막아선 절벽, 지금와서 다시 보면 마치 인간의 발길을 의도적으로 막아서고 있는 것 같은 자연의 장애물들.

"재미있군."

뭐가 그렇게 재밌는지, 슬레인이 키득키득 웃으며 눈을 빛냈다.

"이건 고대의 술수야. 그렇다고 주술이나 영능(靈能)인 건 아니고. 이걸 뭐라고 하더라?"

"고대의 술수라니… 네 기준으로 볼 때 말이야?"

"그래, 맞아."

슬레인부터가 수천 년 전 사람이다. 그의 기준으로 고대라면 적어도 1만 년은 지났다는 이야기니, 정말 어마어마하게 오래된 술수란 소리가 된다.

"너무 오래돼서 기억이 안 나는군. 술수를 부린 본인에게 물어보면 되겠지."

로렌은 슬레인이 뭘 믿고 이렇게 자신만만한 건지 몰랐다. 1만 년이나 묵은 흡혈귀라면 얼마나 강할지 감도 안 잡히는데, 긴장 같은 건 하지도 않고 앞으로 쑥쑥 나간다.

체페쉬는 이 숲과 숲 안의 존재에 관해 아는 것을 모두 털어놓은 후, 자신을 죽여달라고 간청했다.

물론 로렌은 비교적 쉽게 체페쉬를 제압하긴 했지만, 그도 엘더 뱀파이어고 어디 가서 약하다는 소릴 들을 존재는 아니다. 그런 체페쉬가 대면하느니 차라리 죽음을 택할 정도의 상대다. 긴장 정도는 하는 게 맞지 않을까?

"대체 뭘 믿고 긴장도 안 하는 건데?"

"난 널 믿고 이러는 건데."

로렌의 읊조림을 들은·슬레인은 자신만만하게 대꾸했다.

이번 흡혈귀 사냥에서 슬레인은 로렌의 진짜 실력을 엿볼 수 있었다. 그 이후로 슬레인은 로렌을 상대로 허세를 부리거나 핑계를 대지 않았다.

"그러지 말아줘. 상대의 실력을 모르면 나라도 긴장한다고."

미래의 기억이 있기에 자신만만하게 나가도 될 땐 그렇게 하지만, 로렌은 항상 또 자신 같은 존재가 있을 수 있다는 걸 염두에 두고 움직인다. 신탁이나 축복 같은 걸 받지 않았는데도 그렇게 강한 리처드 남작을 만난 후부턴 더욱 겸허해질 수밖에 없었다.

'하긴 그렇게 강하다면 멸망의 때에 나와서 뭐라도 했겠지만.'

3년 후, 멸망의 때에 난동을 부리던 마물들 가운데 로렌의 생명을 위협할 수 있었던 존재는 아예 없었다.

애초에 로렌에게 있어 마물들은 귀찮은 존재에 지나지 않았다. 마물들은 자신들에게 위협적인 존재인 로렌과 괴물들은 피해 다니면서 민간인은 꽤 학살했기에 이렇게 미리미리 토벌하고 있는 거긴 하지만 말이다.

멸망의 때에 로렌의 기억에 남지 않을 정도로 인상이 약한 존재였다는 건 인류에게 큰 위협이 안 되었기 때문일 것이다.

로렌이 광역 마법으로 쓸어버릴 수 있었을 정도로 약하거나, 멸망의 때가 찾아오기 전에 죽었거나, 인류를 상대로 그리 적대적이지 않았거나.

'그렇다면 나도 긴장할 필요는 없겠군.'

로렌은 마음을 편히 먹었다.

"그런데 좀 이상하네."

"뭐가?"

"이 술수는 보통 다른 존재의 접근을 막기 위해 쓰여."

슬레인의 말에 따르면 이 술수는 침입자의 존재에 민감하게 반응해 그 앞을 막아선다고 한다. 갑자기 흙이 솟아오른다거나, 반대로 푹 꺼진다거나, 가시덩굴이 발목을 잡아채거나, 나무가 나뭇가지를 뻗어 공격한다거나. 그런 일이 일어나야 정상이라고 말했다.

"아니, 정상이 아니잖아."

"그야 술수니까. 하지만 그런 일이 일어나지 않는 걸로 보아……."

"술수를 부린 술자가 죽었다?"

"가능성은 있지. 아니면……."

슬레인은 갑자기 씨익 웃었다.

"우리의 방문을 환영하고 있다거나."

$$*\qquad\qquad*\qquad\qquad*$$

슬레인의 추측이 맞았다.

숲과 산과 계곡을 넘어 목적지에 도착하자, 그곳에는 작은 초막이 있었다. 그 초막의 문 앞에 여성이 한 명 서 있었다.

젊었을 때는 분명 미인이었을, 그리고 지금도 곱게 늙었다는 인상을 주는 초로의 여인이었다.

"환영합니다. 대마법사 로렌 하트, 그리고 그 일행분들."

그렇게 말하는 그녀의 눈은 감긴 채였고, 입술은 부드러운 호선을 그리고 있었다.

환영의 인사말이었지만, 로렌으로서는 쉽게 받아들이기 힘든 인사말이기도 했다.

'로렌 하트라고 했어.'

당연하게도 로렌 하트의 이름을 아는 이는 그리 많지 않다. 현생에선 존재하지 않는 이름이기에, 아는 게 더 이상한 이름이었다.

그러니 저 노인은 분명 이상한 존재라 결론지을 수 있었다.

"저를 경계하시는군요. 그럴 만도 하지요. 저는 마물이라 불리는 존재. 더군다나 흡혈귀이기까지 하니까요."

노인은 온화한 웃음을 지우지 않은 채 말했다.

"잘못 짚었어, 노인장."

로렌은 노인장에 대한 예의 따윈 털끝만큼도 지키지 않은 채 말했다.

"내가 당신을 경계하는 건 그런 이유가 아니야. 당신이 자기소개도 하지 않고, 자기소개도 받지 않은 채 우리 이름을 말했기 때문이야."

"그렇게 예의를 따지는 분으로는 보이지 않았는데요."

노인은 호호호 웃으며 말했다.

"필요한 절차를 제가 무시하고 말았군요. 좋습니다. 제 소개를 하지요."

그제야 노인은 눈을 떴다. 그녀의 자수정빛 눈동자에서는 강한 힘이 느껴졌으나, 로렌은 그 힘의 정체가 무엇인지 몰랐다.

"제 이름은 릴리트 릴림입니다. 은둔자이자 여교황, 거꾸로 매달린 자이지요."

'여교황?'

다른 별명들보다 시선을 끄는 것이 여교황이라는 단어였다. 굳이 여자를 강조하지 않아도 교황이라는 단어 자체가 이채

로웠다.

신을 섬기는 신자들 중에서도 지고의 위치라 할 수 있는 교황. 그 단어는 어쩔 수 없이 종교적이었다.

'인류 의회의 증언에 따르면 신들은 드래곤에 의해 실체적인 몸을 잃고 인류 의회에 의해 정신적으로도 쫓겨났다고 했지.'

그렇다. 지금의 이 세계에 신은 다 죽고 없다. 그런데 교황이라 자길 소개하다니?

"옛 존재로군."

슬레인이 한마디 했다.

"나랑 같아. 아니… 나보다 더 오래되었겠어."

로렌은 슬레인의 말이 어떤 의미인지 금방 이해했다. 아니, 그 이전에 이미 그도 깨닫고 있었다. 받아들일 수 없는 건 다른 쪽이었다.

"신의 연대는 실존한 건가?"

"그래요, 로렌 하트."

대답한 건 릴리트 릴림이었다. 그녀는 또 로렌을 로렌 하트라 불렀다.

"지금은 잠깐 이 세계를 떠나 계신 멘르바 님을 섬기는 여교황이었어요."

멘르바 님? 로렌에겐 낯선 이름이 나왔지만, 그는 잠자코 입을 다문 채 릴리트 릴림의 이어지는 말을 들었다. 신의 연대가 실존했는지조차 확신을 못 하는데 신의 이름 따위야 그렇게 중요하지도 않았다.

"옛 시대에 이 땅엔 살아 있는 신들이 거닐었고, 전 그분을 섬기는 일개 신도였죠. 모든 신도가 죽거나 추방당해, 결국 저한테까지 교황직이 돌아오긴 했지만 그게 무슨 의미가 있을까요?"

릴리트 릴림의 말에 로렌은 코웃음 쳤다.

"그런 것치곤 꽤나 자랑스럽게 여교황이라고 자기소갤 하던데."

"부끄럽네요."

릴리트 릴림은 별로 부끄러워하지 않으면서 그런 소릴 했다.

"수천 살 먹은 지인은 있어도, 만 살을 넘긴 사람을 보는 건 또 처음이로군."

만 살이라는 단어가 입에 잘 붙지 않아 로렌은 입맛을 다셨다.

'일만 년을 살았다, 라.'

이건 더 이상 사람이라 부를 수가 없다.

"앞서 말했지만 저는 사람이 아닙니다."

릴리트 릴림이 그렇게 말했다. 마치 로렌의 머릿속을 꿰뚫어 본 것 같은 발언이었다. 로렌은 그리 기분이 좋진 않았다.

그래서 로렌은 적의를 내비쳤다.

진관의 눈을 떴다.

"......!"

진관의 눈은 로렌이 각인기에 상격 중 하나인 진관의 격에 이르러 얻은 능력으로, 탈란델은 이 능력을 사용해 방주를 비롯한 그랑 드워프의 유산들을 꿰뚫어 보고 설계도를 그려냈다.

물론 진관의 눈은 그런 식으로 사용하는 능력은 맞다. 그런데 진관의 눈에는 또 다른 부수적인 효과가 있다. 아니, 오히려 이쪽이 진정한 힘이라고 봐도 좋다.

그것은 바로 사물의 본질을 꿰뚫어 보는 것.

로렌은 정신 능력인 클레어보이언스를 얻었기에 진관의 눈 또한 쉽게 깨우칠 수 있었지만, 동시에 그 덕에 클레어보이언스와 진관의 눈의 차이 또한 쉽게 파악할 수 있었다.

사물의 내면까지 꿰뚫어 보는 클레어보이언스로도 볼 수 없는 걸 진관의 눈으로는 볼 수 있다.

"...너, 인간이 아니로군."

아니, 말이 잘못 나왔다.

인간형이 아니었다.

환상으로 속이는 것은 아니었다. 명률법을 사용한 것도 아니었다. 릴리트 릴림은 그저 자신의 모습을 인간의 형태로 빚어놓은 것일 뿐. 그 본질은 한 덩어리 찰흙과도 같은 존재였다.

찰흙 한 덩이라니! 로렌은 자신의 눈을 의심했다.

그러나 진관의 눈은 정확하게 작동하고 있었다.

"로렌 하트, 당신은 마법사 아니었나요? 그런 술수를 어디서 깨우쳤죠?"

릴리트 릴림은 로렌이 진관의 눈으로 자신을 바라보았다는 걸 알아챘다. 그것도 놀라운 일이긴 했지만 상대는 일만 년을 산 존재다. 예상의 범주 안에 포함된 일이었다.

그러나 릴리트 릴림은 로렌이 예상한 것과 완전히 다른 반응을 보였다.

릴리트 릴림의 반응은 마치 마술사가 유리잔에 물을 부었는데, 그 잔에 물이 차오르지 않는 걸 본 마술쇼 관객 같았다.

아니면 산수 문제를 풀곤 몇 번이고 검산하며 왜 답이 맞지 않는지 의아해하는 초등학생 같은 반응이기도 했다.

아니, 둘을 잘 섞어서 반으로 나눈 것 같은 반응이라 하는 게 더욱 적절하리라.

"그럴 때도 있었지."

로렌은 릴리트 릴림의 반응에 위화감을 느끼면서도 대꾸했다.

"아뇨, 이 시점의 당신은 마법사였어야 해요."

릴리트 릴림은 고집스럽게 말했다. 그 말하는 투가 어린애 같아서 지금의 노인 모습과는 별로 어울리지 않았다.

"그걸 누가 미리 그렇게 정해놓았나?"

로렌의 되물음을 들은 릴리트 릴림의 표정이 그대로 굳어버렸다.

"…앗, 아아."

그 보라색 눈동자로 잠깐 로렌을 바라보던 릴리트 릴림은 긴 한숨을 내쉬었다.

"인과율이 뒤틀리고 당신의 존재 또한 꼬여 버렸군요. 사태가 이렇게까지 번질 줄이야……. 이미 운명의 끈은 끊어졌고 모든 것이 정해지지 않은 곳으로 향하고 있군요. 이럴 수가……."

아무래도 릴리트 릴림도 진관의 격과 비슷한 능력을 갖고 있는 모양이었다.

"다시 한 번 자기소개를 하지."

로렌은 딱딱하게 굳은 목소리로 말했다.

"나는 로렌. 로렌 하트가 아니야. 하트라는 성은 받은 적도 없어."

이번 생에서는.

로렌은 그 말은 생략했다. 릴리트 릴림이 말하는 걸 들어보면, 그녀는 이미 그 사실을 파악한 듯했으니까.

"…그래요. 제가 실수했군요. 실례했습니다, 로렌."

릴리트 릴림은 뒤늦게나마 황망함을 수습하고 인자한 노인의 표정을 지으며 로렌에게 사죄했다.

"뭐가 어떻게 돌아가는 거야? 지금 무슨 이야기 하는 거야, 로렌?"

"쉿, 나서지 말고 그냥 있어봐."

로렌의 뒤에 서 있던 스칼렛이 답답하다는 듯 외쳤지만, 오하라가 스칼렛을 말리며 숨을 죽였다. 그제야 그녀들이 보이기라도 한 듯, 릴리트 릴림이 눈을 크게 떴다.

"어머나, 드래곤들이로군요. 세상에! …참 먹음직스러워 보이는군요."

릴리트 릴림이 드래곤들의 정체를 간파해 낸 건 이제 와서는 별로 놀랍지도 않은 일이었다.

"으……."

릴리트 릴림의 말을 들은 오하라가 진저리쳤다. 그런 오하라의 반응에 스칼렛은 더 궁금증이 돈 듯 릴리트 릴림과 오하라를 번갈아 바라보며 질문 공세를 했다.

"뭐야? 뭔데? 언니, 쟤 뭔데요?"

"아까까진 몰랐지만… 이젠 알겠어."

오하라는 질색인 듯 말했다.

"신의 흙(Deus humus)이야."

"그게 뭔데요?"

"신들이 드래곤 잡으려고 만든 거 있어."

오하라는 거기서 말을 멈췄다가, 스칼렛의 반짝이는 눈동자를 견디지 못한 듯 털어놓았다.

"…사실 나도 잘 몰라. 할아버지한테 들은 것뿐이니까."

오하라의 할아버지면 대체 몇 살일까? 로렌은 굳이 물어볼 생각은 하지 않았다.

"오랜만에 듣는 이름이로군요."

릴리트 릴림이 웃으며 말했다. 긍정의 말이었다.

"흡혈귀라고 하지 않았나?"

"아, 흡혈귀인 건 맞아요. 인류의 피를 빨지 않을 뿐. 제 사냥감은 드래곤들이었답니다."

"먹음직스럽다는 게 그런 의미였군."

"네."

드래곤들에게는 꽤나 끔찍한 이야기를 로렌과 릴리트 릴림은 태연하게 나누었다. 바들바들 떠는 오하라와 스칼렛, 멜라니의 모습을 보는 둥 마는 둥 하며, 릴리트 릴림은 안타까운 듯 미간을 찌푸렸다.

"그건 그렇고, 제 입장이 애매해졌군요."

"뭐가?"

"본래 저는 예언가의 역할을 부여받고 여기에 있던 거였는데… 이렇게도 운명이 뒤틀렸다면 제가 아는 미래 또한 전부 바뀌어 버리고 말았겠죠. 그러니 제 예언은 더 이상 의미를 갖지 못하고, 당신을 올바른 운명으로 인도하는 역할 또한 수행하지 못하게 되었답니다."

릴리트 릴림은 한숨을 푹 내쉬었다.

"수만 년 전부터 신께서 안배했던 운명의 실타래가 꼬여 버렸으니, 저 또한 쓸모없는 존재가 되어버렸군요. 이러자고 수천 년을 버티고 있던 게 아닌데."

그 신의 안배란 게 꽤나 장대한 계획인 모양이었다. 흥미가 돋은 로렌은 릴리트 릴림에게 질문했다.

"흥미 위주로 물어보는 건데, 내 올바른 운명이란 건 뭔데?"

"제가 여교황이잖아요."

질문에 대한 명확한 대답은 아니었지만, 로렌은 인내심을 갖고 고개를 끄덕였다.

"그렇게 말했지."

"교황의 역할은 군주에게 정당성을 부여하는 것이랍니다. 마법의 힘으로 대륙을 통일한 황제에게 축성을 올리고,

모든 인류에게 '이는 신의 뜻이니 따르라!'라고 선포하는 거
죠."

로렌은 어이가 없어져 입을 다물었다. 그런 그의 반응을 무
슨 뜻으로 받아들였는지, 릴리트 릴림은 다급하게 이어 말했
다.

"아, 물론 그 전에는 당신을 왕으로 만들고, 황제로 만들
고, 대륙을 통일시켜야겠죠? 이건 예언가로서의 제 역할이고
요."

"…그다음 현생 인류의 힘을 하나로 모아 신을 다시 이
세계로 불러들이는 게 안배된 운명의 마지막 단계가 되겠
군."

"정답이에요! 통찰력이 대단하시네요!!"

릴리트 릴림은 천진하게 놀라며 웃었다. 그러나 그 웃음도
곧 한숨으로 바뀌고 말았다.

"그런데 이 모든 게 불가능해졌어요. 미안해요, 로렌. 전 당
신의 힘이 되어줄 수 없게 되어버리고 말았답니다."

그렇게 말하곤 힐끔거리며 로렌의 반응을 기다리고 있었
다.

"그렇군."

로렌은 성의 없이 대꾸했다.

"어라, 의외로 반응이… 아쉽지 않으세요? 세상의 주인이

될 수 있는 기회를 잃어버린 거나 다름없는데."

로렌의 담백한 반응에 릴리트 릴림은 의외인 듯 보랏빛 눈을 휘둥그레 떴다.

그렇다고 '그 정돈 네 도움 없이도 할 수 있다'고 솔직하게 답을 말해줄 로렌은 아니었다.

아닌 게 아니라, 릴리트 릴림이 말한 건 지금도 가능하다.

하늘을 나는 방주를 비롯한 그랑 드워프의 전투 병기를 양산하고 별의 영역에 이른 마법사와 승화의 경지에 오른 기사를 양성해서 세계 정복에 나선다면 과연 이 세계의 그 누가 감히 로렌의 앞을 막아설 수 있을까?

모든 준비를 마치는 데 10년 정도… 최대한 단축해서 5년 정도 걸리긴 하겠지만 말이다.

그러나 로렌과 이 세계에 남은 시간은 불과 3년.

아무런 의미가 없는 일일 뿐이다.

'그럴 야망도 없고.'

무엇보다 신을 다시 불러들인다는 마지막 계획이 마음에 들지 않았다. 만인지상의 세계 황제가 되었는데, 대체 무엇 때문에 자기 상전이 될 신을 불러들인단 말인가?

물론 릴리트 릴림의 계획대로 진행됐다면 그 꼭두각시 황제 로렌 하트는 여교황에게 진 빚 때문에 운명의 마지막 단계를 거절 못 할 가능성이 높겠지만, 지금의 로렌은 그럴 필요가 없다.

"그보다 릴리트 릴림."

"그보다, 라뇨?!"

릴리트 릴림은 이것보다 중요한 일이 어디 있냐는 듯 반응했다. 하긴 그녀 입장에선 삶의 목적과 존재의 이유를 잃어버린 셈이니 중요하기야 하겠지만, 로렌은 어차피 일어나지 않을 일보다는 그녀에게서 캐낼 수 있는 정보 쪽을 훨씬 더 중요하게 여겼다.

"네가 아는 '로렌 하트'는 인간이었나?"

게다가 이 질문은 꼭 해야 하는 질문이었다. 로렌의 질문을 들은 릴리트 릴림은 이 남자가 대체 무슨 소릴 하는지 모르겠다는 듯 두 눈을 끔벅이며 대답했다.

"그럼요, 당연하죠. 지금도 인간이시잖아요."

"그렇군."

로렌이 기억하는 로렌 하트는 로어 엘프였다. 그리고 로렌 하트를 로어 엘프로 만들고 인간이었을 시절의 기억을 지운 것은 인류 의회였다.

아마도 릴리트 릴림이 파악하는 운명과 인과율에 인류 의회라는 변수는 포함되어 있지 않은 것 같았다.

그야 그럴 법도 했다. 그렇지 않았더라면 신들이 인류 의회의 성립을 미리 예언하고 그 실태를 파악해서 파괴하거나 방

해라도 했을 테니까. 인류 의회가 슬레인이라는 용사를 드래곤의 영계로 보냈듯이 말이다. 인류 의회가 쓴 방법을 신들이 못 쓸 거라고 생각하긴 힘들었다.

'그렇게 된 거였군.'

로렌이 생각하는 사이에도 릴리트 릴림은 신나서 떠들고 있었다.

"원래대로라면 대마법사 로렌 하트가 흡혈귀의 위협에 처한 블라드 왕국을 구하고 문제의 근원, 즉 뱀파이어 퀸을 처치하기 위해 여기까지 와야 해요. 그런데 알고 보니 모든 흡혈귀의 여왕인 릴리트 릴림은 사실 사람의 피를 탐하지 않는 고대의 존재이자 예언가였고……."

"로렌 하트는 예언에 따라 황제가 된다?"

"그렇게 이어지는 게 원래 운명이었죠."

로렌은 릴리트 릴림이 블라드 공화국을 왕국이라 부른 점에 대해서는 섣불리 지적하지 않았다. 그녀의 발언을 지적하고 교정해 준다고 뭐가 달라지겠는가? 달라질 건 무엇 하나 없었다.

릴리트 릴림이 알고 있던 운명과 달리 블라드 땅에 공화국이 형성된 건 아마도 인류 의회가 개입했기 때문이었으리라. 그것만 추측할 수 있을 따름이었다.

'그리고 나는 인류 의회의 도움 없이도 대마법사가 될 운명

이었고.'

그것도 그리 중요한 내용은 아니었기에 로렌은 바로 사고를
전환시켰다,

"어쨌든 알았어. 그럼 네가 흡혈귀의 여왕, 뱀파이어 퀸이로
군?"

"네, 지상의 모든 흡혈귀는 제 자손들이에요. 뭐, 그렇다
고 제가 낳은 건 아니지만요. 정확히는 제가 재료… 인 셈이
죠. 어쨌든 그 덕에 그것들은 제 명령을 감히 거역하지 못해
요."

릴리트 릴림은 말을 흐렸지만 로렌은 제대로 알아들었다.
한 덩이 찰흙인 그녀를 재료로 만들어진 존재가 흡혈귀. 그렇
기에 릴리트 릴림은 다른 흡혈귀와는 성질이 판이하게 다르면
서도 흡혈귀의 여왕이라는 이명을 가지게 된 것이리라.

"체페쉬는 널 두려워하는 것 같던데. 우리한테 어떻게든 이
장소를 알려주지 않으려고 애를 썼어."

"체페쉬가 누군지는 모르겠지만, 아마 이 장소를 알려준 흡
혈귀겠죠? 그렇다면 당연한 반응이에요."

릴리트 릴림은 장난스러운 말투로 말했다.

"세상에 남겨진 모든 흡혈귀에게 제가 여기 있는 걸 알리면
한 줌 흙으로 되돌려 산 것도 죽은 것도 아닌 상태로 만들어
버리겠다고 위협해 두었답니다."

여기 오기 전, 체페쉬가 로렌 일행에게 제발 죽여달라고 애원한 건 그런 이유였던가. 로렌은 뒤늦게 알게 되었다.

그리 중요하지 않은 일이긴 하지만 굳이 언급해 두자면 체페쉬는 소원대로 죽었다. 사실 고위 흡혈귀는 죽여도 부활하지만, 부활하지 못하게 만드는 방법이 있었고 그 방법은 슬레인이 잘 알고 있었다.

"그럼 흡혈귀들이 인류를 적대시하고 가축으로 삼아대는 것도 네 명령 때문인가?"

"아뇨, 그렇지는 않아요. 그건 그냥 그것들의 본능이죠. 태생이 마물이니까요."

아까도 그랬지만 릴리트 릴림은 흡혈귀를 대상으로 인칭대명사를 쓰지 않았다. 그저 '그것'이라고 말할 뿐. 하기야 흡혈귀들은 인류가 아니니, 그것들에게 인칭대명사를 써주는 게 오히려 틀린 표현일지도 모른다.

"모든 마물은 인류를 공격하도록 만들어져 있어요. 그래야 인류와 마물이 서로 반목하고 각자의 생존을 위해 투쟁하게 되고, 그 투쟁 과정에서 인류가 힘을 얻고 성장하니까요. 그게 마물의 존재 이유죠."

어떻게 듣기엔 참 끔찍한 이야기였다. 마물들이 인류에게 맞아죽기 위해 만들어진 존재라니. 그것도 신에 의해 그렇게 정해졌다니.

하긴 예카테리나의 말에 따르면 신의 연대에는 인류도 비슷한 존재였다고 했다. 신들의 싸움에 휘말려 덧없이 목숨을 잃어가는 일종의 소모품이었다고 했으니까.

문제는 신이 사라진 지 두 개의 연대가 넘어간 이 시대에도 마물들은 변하지 않았고, 그렇기에 인류는 마물들과 절대로 하늘을 같이 이고 살 수 없다는 점이었다.

그렇기에 로렌은 마물들을 상대로 연민을 느끼길 포기했다.

"당신도 마물일 텐데?"

"저야 뭐… 본능을 극복할 수 있을 만한 의지력이 있으니까요."

그 발언에 로렌은 릴리트 릴림이 약간 위험하다고 느꼈다.

방금 전, 릴리트 릴림은 삶의 목적을 잃었다고 말했다. 그렇다면 굳이 의지력을 발휘해서 본능을 거부할 필요도 없어진 거니, 인류에 대한 공격을 개시해도 이상할 게 없었다.

릴리트 릴림은 아직까진 움직임을 보이지 않고 있었다. 아직 자각이 없는 것일지도 모른다.

'가능하면 설득해야겠군.'

불가능하다면 죽여야 했다.

당연히 이 선택은 로렌에게도 부담스럽다. 로렌은 릴리트 릴림이 얼마나 강한지도 모른다. 쉽게 잡을 수 있다면 아무 문제도 없겠지만, 아니라면 문제가 심각해진다. 릴리트 릴림이 강하면 강할수록 로렌은 릴리트 릴림의 토벌에 많은 자원을 투자해야 할 터였다.

멸망을 막기 위해 써야 하는 자원을 말이다.

'질 것 같으면 회귀 주문이라도 쓰면 되겠지만.'

회귀 주문도 공짜가 아니다.

그러니 가급적이면 릴리트 릴림을 설득하는 게 좋았다.

'뭐, 안 되면 어쩔 수 없지만.'

로렌은 다시금 마음을 다져먹었다.

"신들은 꽤 많았다고 들었는데."

일단 릴리트 릴림의 호감을 사기 위해 그녀가 좋아할 만한 화제를 던져보기로 했다. 그래도 여교황이라고 자칭하고 있는데, 그녀가 모시는 신에 대한 이야기를 한다고 싫어하진 않을 거라고 생각해서 던진 미끼였다.

"가짜 신들은 많았죠!"

릴리트 릴림이 미끼를 물었다. 말의 내용과 달리, 대답하는 표정에 화색이 돌았다. 괜히 교황이 아닌지, 그녀는 자신이 믿는 신을 제외하고는 전부 가짜 신이라고 믿는 기색이었다.

"그럼……."

"아, 제가 모시는 신의 성함은 멘르바! 전쟁과 예술, 지혜와 건강의 여신님이시랍니다!!"

릴리트 릴림은 로렌이 묻기도 전에 바로 소개를 시작했다. 열정적인 전도자의 모습 그 자체였다. 그녀 본인은 멘르바 여신만이 진정한 신이라 믿고 있는 것 같았는데, 다신교 특유의 '신의 속성'을 강조하는 걸 보니 좀 웃기긴 했다.

'유일신이라면 혼자 모든 걸 다 관장해야지.'

그렇다고 로렌은 굳이 신도, 그것도 보통 신도가 아니라 여교황 앞에서 신의 악담을 할 생각은 없었다. 이제부터 릴리트 릴림을 회유해야 하는 입장이니만큼, 쓸데없는 발언으로 그녀의 화를 살 이유도 없었고 말이다.

"멘르바 님을 섬기면 머리도 좋아지고요, 몸도 건강해지고요. 아무튼 다 좋답니다!!"

자기가 믿는 신 이야기를 하느라 신이 난 릴리트 릴림의 말을 대충 들어 넘기고, 로렌은 그녀의 말을 끊어갈 적절한 타이밍을 찾았다.

"그럼 당신, 지금 당장 할 일은 없는 거지?"

릴리트 릴림의 말은 그냥 듣고 있기엔 너무 길었다. 타이밍을 찾는 게 귀찮아진 나머지, 로렌은 그냥 끊고 단도직입적으로 물었다.

"그리고 또 멘르바 님은… 네? 아, 네."

이야기를 끊긴 릴리트 릴림은 대놓고 시무룩해했다. 아까부터 릴리트 릴림은 그럴 거면 노인의 외양을 취하지 말라고 한마디 해주고 싶을 정도로 어린애 같은 언행을 하고 있었지만, 로렌은 굳이 지적하지 않았다.

"드래곤을 잡아먹고 다닐 거면 약하진 않을 것 같은데."

"음… 신 미만 드래곤 이상 정도일까요?"

릴리트 릴림은 자신 없는 듯 말했다. 그 말을 들은 로렌 입장에선 어이가 없었다.

신 미만 드래곤 이상이라니, 굉장히 강한 것 아닌가!

하긴 로렌도 성체 드래곤인 오하라를 상대로 질 것 같다는 생각은 들지 않으니, 그 또한 신 미만 드래곤 이상이라고 할 수는 있을 것이다.

그렇다곤 해도 릴리트 릴림이 대단하지 않은 게 되는 건 아니다.

로렌급이라니, 그 정도만 되어도 정말 굉장한 수준이다. 적어도 본인이 본인 입으로 말한 것처럼 쓸모없다는 이야길 할 정돈 아니다.

"그럼 내 일 좀 도와주지그래?"

"일이요? 어떤 일?"

"세상이 곧 멸망하거든."

로렌은 진지하게 말했다. 실제로 지금 그는 진지했다. 멸망도 멸망이지만, 스스로의 입으로 로렌과 비슷한 급이라 밝힌

이 옛 존재를 반드시 회유해야만 한다는 강박관념이 그의 표정을 굳혀놓고 있었다.

"네? 그건 곤란한데요. 멘르바 님께서 돌아오실 세계인데, 멸망해 버리면 안 돼요!"

반응이 괜찮았다. 그래서 로렌은 다음 공을 던졌다.

"그걸 막는 데 도움을 좀 줬으면 좋겠어."

"좋아요!"

생각했던 것 이상으로 간단하게 대답이 나왔다. 스트라이크였다.

"그런데 로렌은 어떻게 그 사실을 알았죠? 설마 로렌도 예언가였나요?"

"아니."

로렌은 고개를 저었다.

"그럼 멸망의 때가 다가오고 있다는 건 어떻게 아셨죠?"

릴리트 릴림의 물음에 로렌은 그녀에게 멸망의 때에 관한 기억을 텔레파시로 직접 쏴주었다. 일이 이렇게 된 이상, 그냥 솔직해지기로 했다.

"난 [회귀자]다."

오해를 막기 위해서 회귀자라는 단어는 일부러 텔레파시로 전달했다.

"내가 보여준 심상은 미래의 심상이지만, 내게는 과거의 심상이기도 해. 이 심상은 내가 직접 겪은 경험을 압축한 거야."

과연 릴리트 릴림이라는 타자는 이 공에 어떻게 반응할까?

『전생부터 다시』 9권에 계속…

초대형 24시 만화방

신간 100%, 샤워실, 흡연실, 수면실(침대석), 커플석, 세탁기 완비

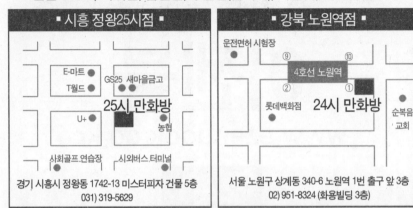

■ 시흥 정왕25시점 ■

E-마트
T월드
GS25 새마을금고

25시 만화방

U+
농협

사회골프 연습장
시외버스 터미널

경기 시흥시 정왕동 1742-13 미스터피자 건물 5층
031) 319-5629

■ 강북 노원역점 ■

운전면허 시험장
⑨   ⑩
4호선 노원역

롯데백화점   **24시 만화방**   순복음
교회

서울 노원구 상계동 340-6 노원역 1번 출구 앞 3층
02) 951-8324 (화용빌딩 3층)

■ 일산 정발산역점 ■

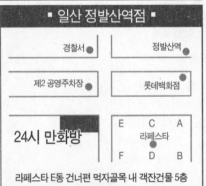

경찰서   정발산역

제2 공영주차장   롯데백화점

24시 만화방

E C A
라페스타
F D B

라페스타 E동 건너편 먹자골목 내 객잔건물 5층
031) 914-1957

■ 일산 화정역점 ■

덕양구청
③   ④
화정역

세이브존
②   ①

롯데마트   이마트

24시 만화방   화정중앙공원   화정동 성당

경기도 고양시 덕양구 화정동 984번지 서일빌딩 7층
031) 979-4874 (서일사우나 건물 7층)

■ 부천 역곡역점 ■

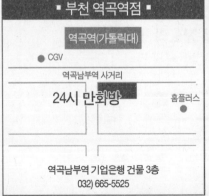

역곡역(가톨릭대)

CGV

역곡남부역 사거리

24시 만화방   홈플러스

역곡남부역 기업은행 건물 3층
032) 665-5525

■ 부평역점 ■

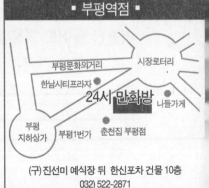

시장로터리
부평문화의거리
한남시티프라자   **24시 만화방**   나들가게
부평
지하상가   부평1번가   춘천집 부평점

(구) 진선미 예식장 뒤 한신포차 건물 10층
032) 522-2871

아우스

마도 시대의 시작

FUSION FANTASTIC STORY

강준현 장편소설

여덟 번의 죽음을 겪었고, 아홉 번의 삶을 살았다.
그리고 열 번째,
난 노예 소년 아우스로 환생했다.

푸줏간집 아들, 고아, 불량배, 서커스단원, 남작의 시동 등…
아홉 번의 삶을 산 나는 참으로 운이 없었다.

나는 더 이상 과거의 내가 아니다!
내가 꿈꾸던 새로운 삶을 살 것이다!

Book Publishing CHUNGEORAM

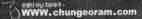

유행이 아닌 자유추구
WWW.chungeoram.com

신가 新 무협 판타지 소설

FANTASTIC ORIENTAL HEROES

홍원

원치 않은 의뢰에 대한 거부권,
죽어 마땅한 자에 대한 의뢰만 취급하겠다는 신념.
은살림(隱殺林) 제일 살수, 살수명 죽림(竹林).
마지막 의뢰를 수행하던 중, 괴이한 꿈을 꾼다.

"마지막 의뢰에 이 무슨 재수 없는 꿈인가."

그리고 꿈은, 그의 삶을 송두리째 뒤바꾼다.
하나의 갈림길, 또 다른 선택.
그 선택이 낳는 무수한 갈림길……

**살수 죽림(竹林)이 아닌,
사람 장홍원의 몽환적인 여행이 시작된다!**

Book Publishing CHUNGEORAM

천마신교
낙양지부

정보석 新무협 판타지 소설
FANTASTIC ORIENTAL HEROES

무협武俠의 무武란 무엇을 뜻하는가?
바로 자신의 협俠을 강제强制하는 힘이다.

자신을 넘어, 타인을 통해, 천하 끝까지 그 힘이 이른다면,
그것이 곧 신神의 경지.

일개 인간이 입신入神하기 위해
필요한 것은 무엇인가?

지금, 그 답을 찾기 위한
피월려의 서사시가 시작된다!

Book Publishing CHUNGEORAM

유행이 아닌 자유추구
WWW.chungeoram.com